JN013958
奴隷からの期待と評価のせいで
搾取できないのだが
急川回レ
Maware Isogawa
(illust) へいろー

「ふふっ、褒めてあげたら？」
アレン
シルフィ

（嫌だぁぁぁぁあっ！

むしろ俺を
褒めてよ！！！！！！）

「これでアレンの作業も楽になる。褒めてほしい」

ノエル

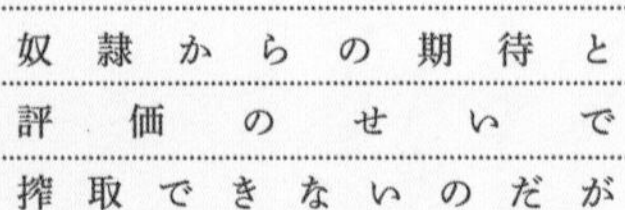

奴隷からの期待と
評価のせいで
搾取できないのだが

CONTENTS

第一章　バカは死んでも治らない …… P6

第二章　奴隷が生産チートで自重しない …… P22

第三章　アレンさん拉致られる①　…… P153

第四章　アレンさん拉致られる②　…… P266

奴隷からの期待と評価のせいで搾取できないのだが
急川回レ
Maware Isogawa
(ill) へいろー

第一章 バカは死んでも治らない ―Chapter.1―

【プロローグ】

女の子の尻に敷かれたい。ケツ圧の餌食になりたいとか考えていたときだったと思う。
上空から女の子が降ってきた。
残業を終えた深夜。帰路のことである。
ひょろガリ童貞の手に負えない非常事態。
にもかかわらず女の子を受けとめようと走り出していた。
頭部の鈍い衝撃を最後に俺の意識は途切れた。

☆

真っ白な空間。目の前には人間を超越した美人が微笑(ほほえ)んでいた。

はいっ、死んだ！　俺死んだ！

筋肉皆無、ひょろガリ童貞が転落した女の子を受けとめるのは無茶ですよね。

となると、ここは死後の世界かな？

女の子とは全く縁がない人生でしたね。

とはいえ絶望するには早いかもしれない。

現在進行形の超常現象を一言で表現するなら『女神との邂逅』だろう。

これ進○ゼミでやったやつ！

例に漏れずオタクである俺はこの流れに覚えがあった。考えられる展開は一択。

そう、Ｗｅｂ小説のド定番、異世界転生だ！

きっと俺はとんでもないチカラを授かり、異世界で英雄級の活躍をするのだろう。

これで三十年間連れ添った相棒――童貞ともおさらば。

美少女たちとあんなことやこんなことを……どぅふふ。ティッシュ！

「お目覚めになられたようですね。女の子とまともな会話もできない非モテのクソ童貞さん」

言い方ァ！　第一声から殺しに来てんぞ!?

微笑を浮かべていた美人が口を開くや否やまさかの罵倒である。

否定してやりたいところだが、生憎、事実なので言い返せない。

おにょれ……！

だが俺は妹の毒舌により鍛えられてきた男。罵倒耐性には自信しかない。

この程度、そよ風だ。むしろ気持ち良い。

それよりも己の身に起きたこと、これからのことを把握しておきたいわけで。

「えっと……貴女は？」

「ああ、自己紹介が遅れましたね。私は人間界で女神と呼ばれる存在です」

女神——女性の姿をした神。どうりで神秘的な羽衣や雰囲気を纏っているわけだ。

「俺は死んだので？」

「残念ながら」

「死因は？」

「ビルから転落した女子高生と衝突。脊髄損傷が致命傷となりました。ケツ圧の餌食です」

死に方ァ！

「ふふっ。本望ですね」

なに笑てんねん。本望かどうかはワイが決めることなんやわ。お前が言うなや！

だいたいお尻の感触が微塵も残ってないんやぞ。頭部にケツドーン！（鈍い音）やぞ!?

女の子のお尻って柔らかいって聞いてたんですけど!?

あっ、やばい。不満が爆発する。

「ちょっと、いや、超絶美人だからって何言っても許されると思ったら大間違いだからな！」

ビシッと指を差して言ってしまった。

おおっ……！

いつもは女の子に話しかけられただけで吃ってしまう俺がこんなにはっきりモノを言えるとは。

相手が人間を超越した存在で緊張しなくなっているのだろうか。

おかげで他人を気にかけられるほど落ち着いてきた。

「それより転落したあの娘は――」

「――ご安心を。貴方のおかげで助かりました」

「重畳」

胸を撫で下ろす。よし、これで無駄死には回避した。

「人命を救った善行を讃え、貴方に第二の人生と特典を与えます」

「第二の人生と特典……！」

うひょ。そうそう、こういう展開欲しかったの。えちえちで脳内が埋め尽くされていた俺である。

この展開は願ってもない。

「これから剣と魔法のファンタジー世界に転生、正確には憑依していただきます」

「憑依？」

「女神界では異世界転生が殺到して魂の器である肉体が不足しています。業務を円滑に遂行するため、あらかじめ魂の受け入れ先である現地人を選定・調達しておくんです。貴方が憑依するのはこちら――アレンという少年になります」

これから俺が憑依することになるアレンさんの映像を拝見する。

あらやだ。思っていた以上に可愛い顔してるじゃない。十七～十八歳ぐらいかな？

スタイル抜群、年上お姉さんとの相性が良さそうだ。えちえち不可避……！

「ひょろガリ童貞の変身願望を見事に叶(かな)えているでしょう？」

言い方ァ！　口開くたびにディスらないと気が済まねえのか!?　息をするように弄(いじ)りやがって！　弄るなら下半身にして欲しい。そっちなら大歓迎なのに！

「殺しますよ？」

何も言ってませんけど!?　勝手に脳内を盗み見て「セクハラ最低。死刑！」とかやめていただきたい！

「憑依ってことは元アレンの人格と合わせて二重人格になるってことですよね？」

俺の人格は闇アレン——もう一人の僕になるのだろうか。いくぜ相棒！

「いえ。残念ながら元アレンの人格は消えて無くなります。彼は孤児院出身、駆け出しの冒険者ですが、間もなく初級ダンジョンで命を落とす運命にあります」

ＡＩＢＯＯＯＯＯＯＯ！

胸中で叫ばずにはいられない。複雑な心境になる俺をよそに女神が補足してくる。

「器だけとなったタイミングで貴方の魂を定着させます」

ふむ。だいたいわかった。でも気になることが一つ。

「ダンジョンで命を落とすってことは罠(わな)やモンスターの餌食になってない？　臓物や目玉が飛び出た状態で憑依はちょっと……」

腐っている、臭うなんて罵倒は前世だけで十分ですからね。凹(へこ)む。

「転生特典は【再生】です。貴方の魂がアレンに憑依した瞬間に発動するよう設定されています。もうお分かりですね？」

さいせい……ああ『再生』か。

衰えたものや損傷を元通りにするやつでしょ？

なるほど……！　元アレンの死と同時に俺の人格、魂を注入。

死因となった外傷は特典である【再生】により回復。正気を取り戻す、と。

えっ、やばくね？　死を無効化(キャンセル)とか反則(チート)じゃん。SSS級確定じゃん。

何がヤバいって現地美少女（美人）を【再生】すれば感謝されまくりってことですよね!?　ドスケベ展開不可避！

こんなん手にしたらなに仕出かすかわからんって！　ティッシュ！

「簡単な説明は以上ですが、何かご質問はありますか？」

「準備万端です！」

主に下半身が。

輝かしい未来が待っているのにちんたらする理由などあろうか。いいや、ない！

真っ白な空間の天井から光が差し込むや否や浮遊感に包まれる。

いよいよ第二の人生、勝ち組としての異世界冒険譚(たん)が始まる。

前世とは比べ物にならない桃色生活が俺を待っているに違いない！

刮目(かつもく)するがいい！　ハーレム王に俺はなる！

【アレン】

などと思っていた時期が俺にもありました。

どうも。ひょろガリ童貞改めアレンです。新たな旅立ちから三年が経ちました。

剣と魔法のファンタジー世界に転生しておきながら童貞歴を更新中。

手を繋ぐことはおろかまともな会話もできないまま。一体なんの冗談や。悪夢や！　悪夢やで！

世界の外側から「この無能が！」などと叱咤されそうだが、これにはもちろん理由がありまして。

この三年間で判明した事実をダイジェストで紹介させて欲しい。

【誤算①モンスター討伐困難】

これはアレンさんに初めて憑依し【再生】により生き返った直後のこと。

「ぐああああああああああああっー！」

俺は岩壁まで吹き飛ばされた、い、い──遭遇した最弱系モンスターのスライムに！

こちらが切れるカードは【再生】一本。

しかも相手はぬるぬる機敏ときた。装備品のナイフが当たんねえことといったらもう！

おかげで「ぐああああああああああああっー！」やぞ。

想像してみ？　イマジン。

スライムが相手やで？

最弱モンスター代表格に絶叫する異世界転生者なんて見たことある？　あるかそんなもん！

なにが「刮目するがいい！　ハーレム王に俺はなる！」やねん。恥っず。

もちろん平和ボケした日本からファンタジー世界に転生した直後のことだ。

地道なレベリングでスキルや魔法を取得していく流れやと思うやん。

ワイもそうやって己を鼓舞してたんや最初は。そんな期待を捻り潰す事実が次だ。


【誤算②レベルアップ&スキル・魔法習得不可】

いや草ァァァァァァァァァァァァ！

この事実が発覚したことで俺はダンジョンに潜ること、冒険者として成り上がること、英雄を目指すことが億劫になっていた。

何が致命的って素手以外の攻撃手段を得られないことである。

ゴブリン相手に「ステータス！」でイキることさえ許されないという。

ありえへん！

【誤算③痛覚切断不可】

「痛ったあああああああぁぁぁぁっー！」

例に漏れずスライムの攻撃を受けたときの俺である。

あのぷるぷる野郎、俺が雑魚であることをいいことに、伸縮性を生かしたロケット弾丸攻撃を編み出しやがった。

スライムの方がレベルアップしてやがるじゃねえか。

鳩尾（みぞおち）に食らったときの痛みといったらもう。最弱のまま最終形態となったアレンさんが「今のは痛かった…いたかったぞ——！」とブチギレるほどだ。

痛みが嫌で防御力に極振りした異世界転生者の気持ちが痛いほど理解できる。

たしかに【再生】は最強の転生特典。それは認める。

どんな罠やモンスターの餌になりかけても瞬く間に完治するんだから。

しかも発動に必要な魔力も微量。

だが【再生】が真価を発揮するのは己が負傷したとき。痛みを味わったあとになる。

これが俺にトラウマを植え付けた。癒えるならいいじゃんと思ったヤツ。

想像して欲しい。鼻を殴られて骨折、ドバドバ出血したとしよう。

激痛を味わったあと、一瞬で完治、もう一発殴られる。地獄やぞ。ドMでもごめんやわ。

【誤算④パーティー結成全拒否】

これは俺のコミュ障も悪い方に働いた。加えて数々の誤算。俺を仲間にしたがる冒険者なんているわけがない。

俺は己の立ち位置を把握するのは得意である。伊達に前世で「身の程を弁えろ」と言われてない。

仮にパーティーに加入できたとしても逃げ惑うことしかできない俺の扱いはお荷物の雑用係だろう。話しかけた時点ですでに見下されているのだからそうなるのも時間の問題だ。

なにより【再生】が強力過ぎる。いいように利用されるのがオチだ。

チカラが偉大過ぎて打ち明ける人選に膨大な時間と労力が必要になる。

結局俺は前世でも異世界でもソロプレイヤー。人はそれをボッチと言います。涙目。


【誤算⑤教会の権力】

俺の転生先である帝国には巨大な教会が存在する。早い話が自己治癒能力を向上させる【回復】は奇跡の技——神から授かりし神聖なるチカラなどと宣う巨大組織である。

キナくさい。俺より臭う。

能力の必要性——需要の大きさは今さら語る必要はない。

案の定、教会には金と権力と欲望が集中している。

帝国から政権奪取する隙を窺っている噂も広がっているほど。

そんな中で【再生】を発動すればどうなるか。

甘い罠（ハニートラップ）を仕掛けられるのも時間の問題である。目をつけられたが最後、女に甘い俺に抗（あらが）える術はない。

考えたくないが薬漬けによる都合の良（い）い傀儡（かいらい）になる恐れすらある。まあ【再生】は毒や薬にも効くので恐れるに足らずではあるのだが。

以上の誤算により絶対イキリたいマンの俺が【再生】を人前で発動することができず、爪を隠し続けなければいけないという。

俺の異世界英雄譚どこ行ったん？

☆

はい、というわけでやって来ました奴隷商。帝国には奴隷の売買が盛んに行われておりまして。

ＩＱ85の俺は閃（ひらめ）いた。

奴隷からやりがい、金、性を搾取し、自給自足しようって。

奴隷という立場上、ご主人さまは絶対の存在。これすなわち「パンツ見せて」「ぱふぱふして」と命令し放題。

奴隷紋と呼ばれる絶対遵守の呪いにより【再生】の口外を禁ずることもできる。

モンスターは倒せない、レベルアップやスキル・魔法を習得できない、痛覚は切断できず弱点を補うためパーティー加入も不可。

加えて腐敗臭ただよう巨大組織が監視の目を光らせているという絶望的な状況にもかかわらずこの切り替えの早さ。天才か。

どんな怪我(けが)・病気も再生できるというチートを授かったものの、戦闘面でザコの俺は爪を隠し続けた。

ありがたいことに【再生】は強度をコントロールできる。これが俺の生命線となった。下位互換である【回復】まで効果を落とし、治療院で銭を稼ぐことができたのだ。

長かった、長かったで……！　異世界転生から三年。ようやく小金持ちである。

余談だが【再生】は不老である。己に発動すると若返ることができるため、アレンさんは年を取りません（少なくとも外見は）。

女の子とえちえちするためなら数年単位の労働など造作もない。元社畜を舐(な)めるなァ！

「ククク……奴隷商へようこそ。特A、A、B、C、Dランク——どれを見たい？」

雰囲気バッチリの奴隷商人。

正直不気味すぎる。チミ、瞳どうなってんの？　なんか暗くない？

呑(の)まれてしまった俺は、案の定、

「ゼンブミセテ！」

声が裏がえっていた。恥ずい。帰りたい。

☆

ふおぉぉぉー！　奴隷商しゅごい！　大金さえ叩けば、美少女（美人）を好きにできるの!?

異世界最高過ぎない!?

異世界に転生憑依してから三年。未だ俺TUEEEどころか、NAISEIも未経験の俺は興奮を隠しきれなかった。

日々、銭を稼ぎ回ったかいがあったというものだ。

とはいえ、だ。

結論から言うと高い。異世界の奴隷は高過ぎる！　某女優のように叫びたい気分だ。

特Aの奴隷なんて話にならない。三年の稼ぎなんてミジンコである。破格。もう桁がおかしい。

竜を狩り、買取できるような冒険者で手が届くお値段。

クソッ、結局異世界も金次第ってか。俺の経済力はたったの3。雑魚め……！

というわけで、あらかじめ温めていた秘策を切るときが来た。

名付けて「売り物にならない奴隷、引き取りますよ」作戦だ。

「だいたいわかった」

とりあえず何か頭良い系の台詞を吐いておく。こういうの雰囲気大事。アレン知ってる。

「気になった奴隷はいないのか？」

と奴隷商。彼はきっと「なにがわかったんだよ笑」とバカにしているに違いない。

どうやら俺に役者の才覚はない。能ある鷹は爪を隠す系主人公は俺には早かったようだ。

しょせん俺は「バカですけど何か？」系主人公というわけか。嫌すぎるぜ！

もし奴隷商人が扱う奴隷がDランクまでなら用はない。

それこそ帝都には腐るほど奴隷がいる。

俺が狙うのはあくまで掘り出し物だ。

「……他にはいないの？」

意味深の表情で奴隷商人を凝視する。

てめえの本気はそんなもんか。俺の目はごまかせねえぜ。あるんだろ？　とびっきりの隠し玉がよ、的なオーラを全身から放つ俺。

ちなみに人はそれを体臭と言います。ただの臭いじゃねえか！　凹む。

「！」

俺の「全てお見通しデース。マインド・スキャン！」言動が功を奏したのか。

こいつデキる……！　と言わんばかりに目を見開く奴隷商人。

おいおい、見くびるなよ。腰が引けてるぜ？

このとき奴隷商人が「バカ過ぎぃぃぃ！　不良在庫を押しつけてやれ！」と腹に黒いものを渦巻かせていたことを知るのはずいぶん後のことだ。

そんなわけで連れて来られたのは、店の最奥——劣悪な環境だ。

とてもじゃないが住めない。ここで取り扱われている奴隷たちに人権など存在しないことが五感でわかる。

「……彼女たちは？」

若干、声音に軽蔑が入り混じったことは隠せない。

俺は寝取られや陵辱、催眠系もイケるオタクだが、二次元限定だ。現実の女の子に酷い仕打ちをするのは萎えるどころか、殺意が湧く。

目の前には二人の少女がいた。

共通しているのは光を失っていること、片腕がないこと、痩せ細って骨が浮かび上がっていること。

このまま放っておけば間違いなく栄養失調で死ぬだろう。

「耳の尖ったライトグリーンの髪の女はエルフでも最上位にランク付けされるエンシェント・エルフ。もう片方、銀髪の女はエルダー・ドワーフ。二人とも希少種だ」

この世界には亜人と呼ばれる種族が存在しており、その中でも希少種がいる。

それに該当する彼女たち、本来の価値は特Aを遥かに上回るだろう。

健全な状態であれば。

「この奴隷二人をもらおう。いくらだ」

「では――」

奴隷商人が提示してきた金額は俺の貯金が一瞬で吹き飛ぶそれだった。

奴隷には人頭税がかかる。買主には衣食住を与える義務も発生する。

希少種とはいえ、彼女たちを買うような人間はよっぽどの物好きか歪んだ癖の持ち主だろう。

このときの俺はとにかく彼女たちに早く尊厳を与えてあげたくて仕方がなかった。

これでようやく【再生】の本領を発揮できる。

……ん？　ちょっと待てよ。アレンこれ知ってる！

負傷した奴隷が回復して「ご主人さま素敵！　抱いて！」になるやつ⁉

絶対そうだって！　しかも余裕の再現性。繰り返せばハーレム確定！

はいキタこれ。ずっちょ俺のターン！

クール系主人公を装いながら内心で浮かれまくる俺。

よもや二人の購入をきっかけに統合型リゾートが完成し、魔王に仕立て上げられるなんて夢にも思わない。

俺が勇者に危険人物だと認知されるまでのカウントダウンが始まった瞬間だった――。

第二章 奴隷が生産チートで自重しない Chapter.2

【アレン】


俺は己の無計画さを呪った。

奴隷を安く買うつもりだったはずが、貯金がほとんど残っていないからである。

想定外です。想定内だったことなんてこれまでの人生で一度もありません。

クソッ、無能すぎる！

百戦錬磨の奴隷商人に毟（むし）り取（と）られた結果、宿代を支払うことさえ躊躇（ためら）われるほどだ。

悲しいかな人数分を毎晩支払う経済的余裕がないわけで。

どげんかせんとあかん、と思った俺は帝都の山奥に荒廃した修道院を発見。

ここをひとまず生活の拠点とすることにした。

奴隷の名はシルフィとノエル。前者がエンシェント・エルフ、後者がエルダー・ドワーフという種族らしい。

それ以外、何もわかりません。

二人は自分のことを話したがらないし、奴隷商人から預かった【鑑定紙】が読めない！　これなんて書いてあるのママぁ！

ひょろガリ童貞の俺が憑依したアレンさん、文字の読み書きができません。

おかげでシルフィやノエルのステータスが一切把握できないという。

異世界転生必須の【翻訳】は自力でやれってことですか……!?　マジで【再生】オンリーじゃねえか！　思ってたよりハードすぎんぞ俺の異世界生活。

これで日常会話さえ支障があったらブチギレていたところである。

というわけで食料確保は急務。前世で人類が編み出した偉大なる発明、農業に取りかかる必要がある。

というわけで異世界転生の定番である芋畑を耕そうと試みたときである。

「何をしているのかしら」

とシルフィ。痩せ細っていた姿を思い出すことが難しいぐらいに美人さんになっていた。

ライトグリーンの髪は艶を取り戻し、直視できないほど。くっ、眩(まぶ)しい……！

お美しい容姿と相まって視線を合わせられないこともしばしばである。

いかにも童貞くさい反応。つらたん。

なんとか冷静を装いながら、

「ああ、これ？　芋を育てようと思ってさ」

「えっ……？」

まるで信じられないものでも見たかのような反応。

「もしかして芋嫌いだった!?」

異世界転生の定番、芋は痩せた土壌でも育ち、放っておいても勝手に育つ。

宿代すら払えない俺にとって心強い味方だったんですけど……。

「いっ、いえ……その、あなたが育てるの？」

「うん……」

「そう……」

えっ、なにこの空気!?

お美しい顔が引き攣っているじゃないですか！　そんな顔されたら気まずいんですけど!?

というか、妙に「あなたが」を強調された気がする。

ナニに触れたか分からないひょろガリ童貞の芋なんざ食えるわけねえだろ、みたいな？

もしくは自給自足で食費を浮かそうなんて、金のねえご主人様だな、とか？

シルフィは見るからにいい女。舌が肥えていてもおかしくないですもんね。

本当は【再生】を都度発動することで空腹感を飛ばし続ける裏技もあるのだが『住』をケチっている手前『食』まで奪うわけにはいかない。

せめて食べる喜びは与えてあげたかったんだけど……。

くっ、さっそく経済力のない男として認定されてしまった。

だが、これが俺の精一杯。

せめて芋が調達できるまでひもじい思いをさせないようにしよう。

「これ食べなよ」

「これも美味しいよ」

「おかわりもあるからさ」

と貯金を取り崩し、帝都で調達した食料を惜しみなく提供する。

エンゲル係数爆上がり！　アレンさんまいっちんぐ！

だが、ピンチはチャンスでもある。発想を転換しよう。

これを機にシルフィとノエルには肉を付けてもらい抱き心地を良くしてもらうのだ。

いずれ来るにゃんにゃんのために。

警戒心も解いてもらえるかもしれない。悪くない。ありよりのありですな。

人はこれを餌付けと言います。凹む。

正直に言えば健康的な肉体を取り戻したシルフィとノエルの反応は予想外だったわけで。

てっきり「ご主人さまカッコいい！」になると思っていた。

それが「「…………」」である。早い話が警戒されているのだ。

美人（美少女）の睨みって女の子に慣れてない男にとって一撃必殺なんですけど！　俺またなんかやっちゃいました!?

奴隷を買ったら自然にえちえちできるんじゃないの!?

なんの冗談か二人は警戒心を一切緩めることなく、俺を見極めるようと観察する日々。

ひょろガリ童貞の俺に「エッチ！」など要求できるわけがない。きちぃぜ。

気がつけば俺は二人の感情に整理がつくまで食料を恵み続けるご主人さま。

どうやって距離縮めたらいいんや！　なんも分からん！

あっ、お金が足りないので治療院に出稼ぎに行かないと！

「帝都に行って来るからシルフィとノエルは修道院(ここ)で待っててくれる？」


【シルフィ】


私はアレンという人間を見極めるため、観察眼を光らせていた。

光を取り戻させてくれたこと、全身の損傷を【再生】してくれたことには感謝しているわ。けれどこのチカラは偉大すぎる。

治癒魔法は自己治癒能力の活性化が限界。それがこの世界の常識。

にもかかわらず彼は光を失った両目と千切れた腕を容易(たやす)く再生させた。

ただ者じゃない。警戒し過ぎることはないわ。

そんなある日のこと。アレンが動いたわ。

「何をしているのかしら」

「ああ、これ？　芋を育てようと思ってさ」

「えっ……？」

「もしかして芋嫌いだった!?」

「いっ、いえ……その、あなたが育てるの？」

「うん……」

「そう……」

　私は驚きを隠せなかった。

　なにせエンシェント・エルフとしてのチカラを取り戻した現在（いま）、私の【鑑定紙】には植物を発芽・成長・結実させる木魔法が記載されているのよ？

　奴隷商人から受け取った彼がその現実を知らないはずがない。

　奴隷紋が刻まれた現状、命令一つでこと足りること。私に抗う術はないもの。

　にもかかわらず自分が汗をかいて芋畑を耕そうとしている……。

　それもおそらく私とノエルを食べさせていくために。

　真意が読めないわね。何かを企（たくら）んでいるのかしら。【再生】は世界を掌握しかねない恐ろしいチカラ。

　エンシェント・エルフの私とエルダー・ドワーフのノエルを手懐けて何かさせようとしている……？

　脳内で必死に考える私をよそにアレンの優しさが次々に押しかけてくる。

「これ食べなよ」

「これも美味しいよ」

「おかわりもあるからさ」

奴隷に堕ちち、劣悪な環境で命の灯火が尽きるのを待っていた私たちにとって十分に与えられる食事は我慢できるものではなく。

餌付けという言葉が脳に過ぎりながらもそれらを平らげてしまう。

アレンはそれを微笑ましそうに眺めていたわ。

なにせ自分の食事でさえ分け与えてくる始末。

「帝都に行って来るからシルフィとノエルは修道院で待っててくれる？」

えっ、まさか奴隷を置いて一人で行くつもりかしら!?

いくら奴隷紋が刻まれているとはいえ現在の私たちなら行方をくらませることなんて簡単よ？

まさかもう私たちを信じているとでも？　いや、それとも試されている……？　わからない。アレンという男が全然摑めないわ。

危険な橋を渡っているとは思いながらもアレンの後をそっと付いていくことにした。

私は風に愛された種族エルフ。風に同化し姿を隠すなんて造作もないわ。

そこには治療院に駆け込み日銭を稼ぐアレンの姿があった。

けれど発動しているのは私たちにやってみせた【再生】ではなく、下位互換の【回復】。

彼は英雄として讃えられるチカラを手にしておきながら、それに溺れることなく自制できる人格の持ち主だった。

もしかしたら私たちに尊厳を与えて、命令しないことは当たり前で、そこに打算や下心などないのかもしれない。

少なくとも親近感を覚えさせるのには十分な光景。

私とノエルの警戒心が解けるまでに時間はかからなくなり始めていた。


【アレン】


シルフィとノエルと生活を共に送るようになってから三月。

芋が収穫できる頃。俺は奴隷を買ったことをいよいよ本格的に後悔し始めていた。

気まずい……！

こちとら女の子とまともに会話したこともないコミュ障、ひょろガリ童貞である。

顔面偏差値が高過ぎるシルフィとノエルは視線が合うだけでドキッとしてしまう。

何を話しかけていいかわからない。

さらにノエルに話しかけても「そ」「わかった」「感謝する」だけ。愛想がありません。レパートリー少なすぎんぞ。ファービーの方がまだ俺に構ってくれたわ！

いや、おそらくこれが彼女の素だ。避けられているわけでも嫌われているわけでもない。嘘でもいい。そうだと言ってくれ。

もういっそ奴隷紋を解いた方がいい説まである。そんなことが頭に過ぎり始めたとき。

俺は耳を疑う信じられない告白を耳にした。

「まさか本当に収穫まで育てるなんて……はぁ。食料を調達する必要があるなら私に命令すればいいじゃない。一瞬よ?」

「え?」

「【鑑定紙】を預かったあなたなら私に固有属性があることは知っているでしょう? どうしてそれを利用しないのかって聞いているのよ。ほら、木魔法ならこの通り」

呆れ顔のシルフィさん。お美しい。いや、見惚れている場合じゃない。

それよりも目の前に広がっている光景に目を見張ってしまう。

シルフィは植物の種らしきものを蒔いたかと思うと合掌。おそらく木魔法を発動した。

なんと瞬く間に発芽・成長・結実! ……なん……だと!? チートやんけ!

すぐさま【鑑定紙】を取り出す俺。そこには相変わらず意味の分からない文字の羅列——例えるならルーン文字が近い——がびっしり。だから読めるかァ!

なんて書いてあんねん。さっぱりやぞ。

だが、「読めん!」と打ち明けていいものだろうか。

男はいつだって女の子に見栄を張りたい生き物である。

馬鹿正直に打ち明けてしまったが最後、まともな教育を受けていないことが露呈する。

だが文字の読み書きができることを装う場合、上手な嘘が必要だ。

でないと俺は植物を一瞬で結実させることができる魔法、それを命令できる立場にありながら三ヶ月間、一心不乱に芋を育て続けた変態芋野郎になってしまう。

ドクドクドクと心臓の音がうるさい。

落ち着け……！　機転だ。機転を利かせろ。俺に対する評価を下げず、あわよくば上方修正できるよう言葉を捻り出すんだ！

「……魔法って表裏一体でさ。使う者によって毒にも薬にもなる。自分は何でもできる、何をしてもいいって勘違いする恐れもある。だから俺は他人に魔法を強要しないようにしてるんだ。人の為になりたいと願ったとき、自分の意思で発動することが大切だからさ」

くっ、苦しい……！　苦し過ぎて平静を保てない。

きっといまの俺は渋い表情をしているに違いない。堪えろ。堪えるんだアレンさん……！

かつてこれほどまでに刺さるブーメランがあっただろうか！

【再生】を授かった俺は女の子に『何でもできる』『何をしてもいい』って勘違いしてた！　あんなことやこんなことし放題って本気で信じてました！

人の為になりたいと願ったとき、自分の意思で発動することが大切？

どの口が言う!?

俺はただシルフィとノエルとにゃんにゃんしたかっただけじゃねーか！

俺は自分が恥ずかしいよ！

人の為と書いて『偽』と読むのは伊達じゃないということか。

何を言っているかわかりませんよね。俺もわかりません！


【シルフィ】


「まさか本当に芋を収穫まで育てるなんて……はぁ。食料を調達する必要があるなら私に命令すればいいじゃない。一瞬よ？」

「え？」

「【鑑定紙】を預かったあなたなら私に固有属性があることは知っているでしょう？　どうしてそれを利用しないのかって聞いているのよ。ほら、木魔法ならこの通り」

先に痺れを切らしたのは何を隠そう私の方。

エンシェント・エルフとエルダー・ドワーフを【再生】しておきながら利用せず、手も出してこないアレン。

彼の優しさに感謝はしているわ。けれど一方的な善意に疑心暗鬼になっていることも事実。

共同生活を始めて三月が経った。

アレンの真意をはっきりさせたかった私は見せびらかすように木魔法を解禁する。

種を蒔いて合掌。瞬く間に発芽・成長・結実させる。

内心で功を誇ってしまっていることは否めない。

利用されることに忌避感を覚えておきながらこの感情。相反しているわね。

これは植物を一瞬で収穫可能にしてしまう木魔法。

きっとこれまで隠していた彼の本性が現れるはず。目の色が変わるに違いない。

そう確信していたわ。アレンの次の言葉を聞くまでは。

「……魔法って表裏一体でさ。使う者によって毒にも薬にもなる。自分は何でもできる、何をしてもいいって勘違いする恐れもある。だから俺は他人に魔法を強要しないようにしてるんだ。人の為になりたいと願ったとき、自分の意思で発動することが大切だからさ」

心の傷が開いたような表情で彼はそう言った。まるで己にそう言い聞かせるように。

嘘をついていないことは目を見ればわかるわ。辛そうな顔。

アレンの言葉には説得力があった。いいえ、説得力しかなかったわ。

きっと彼は【再生】を授かったときに『何でもできる』『何をしてもいい』と勘違いした過去があるのよ。自分は選ばれた人間だって。

けれどそれが間違いだと気付かされる何かがあった。きっとそれから能力を隠すようになったのよ。

【再生】の効果を【回復】まで落とし、治療院で日銭を稼いでいるのが何よりの証拠じゃないかしら。

――人の為になりたいと願ったとき、自分の意思で発動することが大切だからさ。

そういうことだったのね。彼が魔法を強要しない理由が今はっきりしたわ。

本当なら口先だけの男と評価するでしょう。

けれどアレンには行動が伴っている。現に私はその光景を治療院で見てきたから。

私は自分が恥ずかしくなったわ。

「ノエル。少しいいかしら」

「構わない」

「身の処し方について話し合いましょう。私はアレンの負担を軽くするために木魔法を発動しようと思うの」


【アレン】


なんじゃこりゃぁあ！

俺は太陽(シルフィ)にほえた。うそ、ほえそうになった。

俺のことを芋野郎だと認識したのか、シルフィが一切自重しなくなっていた。

荒廃した修道院の外側――畑区域に小麦、じゃがいも、大麦、大豆が育てられているという……。

昨夜には無かった光景である。

こっ、これは間違いない……！　植物チート！　植物チートだ！　おにょれシルフィ！

『農業を極めたら有能領主になっていた件』の主人公枠を俺から奪い取りに来やがったぞ……！

発芽・成長・結実が一瞬の木魔法。あかん霞む！　アレンさんが霞んでまう！

やめさせないと！　こんなの絶対やめさせないと！

正確なデータではないが、妻の稼ぎが大きい夫婦は離婚例が多いらしい。

男が自尊心を満たせず夫婦関係に歪みが生じてしまうことが一因だ。

どことなくそれに似た雰囲気を感じる！

「シルフィ、無理して木魔法を発動する必要はないんだよ？」

「あなたの負担になっているでしょう？　穀物や根菜、豆は私が用意するわ」

見ていてくれたかい諸君。殺したよ。シルフィが俺を殺したよ。

ふざけるな！　ふざけるな!!　馬鹿野郎ォォォ！

こっちは俺TUEEEできず自給自足に切り替えた、NAISEIに転職した身やぞ！

もうこれしか残ってへんねん。頼むからイキらせてくれ！　頼むから！

「でも……」アレンさん、食い下がります。

「私には固有スキル【無限樹】があるわ。魔法の根幹を司る心臓と両目を治療してくれたおかげでこの通り。私の意思で発動したのだけれど……ダメだったかしら」

私の意思で発動。それ先日ワイが言った台詞……！　揚げ足まで取ってきよったで！

シルフィさんは胸中でこうおっしゃられている。

「私の能力も使いこなせねえのかクソ野郎。いい女に野宿&不味い飯を食わせんな！」

宝の持ち腐れすんじゃねえ！　お前のやることは遅すぎる――マジもんのスローライフなんか誰が見たいって言いたいんですか⁉

資金が底を尽き女の子に野宿を強要した結果、スーパーモデルのような美人に「食わしてやらあ」と宣言されるヒモ男はどこのどいつだい？　あたいだよ！

全く予想だにしていない農業チートの始まりに俺の肩身はどんどん狭くなっていく。

こういうのって普通、俺がするもんじゃないの？

……まだだ！　まだ諦めるのは早い。

植物チートがダメならＤＩＹチートに切り替えるまで。Do It Yourself！

というわけでコンクリートを発明、生活環境を整える準備を進めていたときだ。

「モノづくりの匂い。私も混ぜて欲しい」

なんと声をかけて来たのは俺のことを路傍の石ころと勘違いしている（と思われる）ノエルだった。

☆

「何を造るつもり？」

「いつまでも荒廃した修道院で二人を過ごさせるわけにはいかないと思ってさ。コンクリートによる建造物を目指そうかなって」

男というのは知識を見せびらかし、女の子に「すごーい♡」と褒めて欲しい生き物だ。

もちろん俺も例に漏れず。

だが、『話す』は『離す』でもあるということを忘れてはいけない。

知識をひけらかし気持ち良くなる相手は慎重に選ぶ必要があった。

ちなみにこれをあとの祭と言います。

「ああ、コンクリートっていうのはセメントを水・砂・砂利で硬化させたもので」

「えっ？　もっと聞きたい？　仕方ないなー。ノエルにだけ教えてあげる。他言禁止だからね？」

「セメントの主原料は石灰石。これはもう帝都で手に入れたから粘土と石英を調達するつもり。どちらも入手は簡単な素材だからね。それらを配合・調整する」

「コンクリートの強度は高くて堅牢だけど引っ張り強度を補うためシルフィにお願いして竹を生やしてもらおう。本当は鉄筋が良いんだけど代わりになってくれるはず」

つい夢中になって女の子にマシンガン解説してしまう。誰がどう見てもオタクである。ブヒブヒ。

鼻息が荒くなっていたかもしれない。

話し終えて、またやっちゃったかと思いきや、

「だいたいわかった」

俺のすぐ傍で話を聞いてくれたエルダー・ドワーフのノエルが興味深そうにしていた。

彼女は俺の知識自慢を黙って聞き入ってくれただけでなく、いつもは無機質な瞳を光らせ、絶妙のタイミングで相槌、話すことが気持ち良くて止まらない反応をしてくれた。

いつもの無愛想が嘘のようである。

気持ちいいチョー気持ちいい！　俺のつまらない話を最後まで聞いてくれるなんて感謝しかない。

作業に取りかかり、ＤＩＹチートでイキリ倒そうと腰を上げた次の瞬間、

「アレン、貴方は座っていればいい」

となぜかやる気満々のノエルさん。

あのちょっ……、

「【抽出】」

あー、あかん！　これ俺の功績全部吸い取られるやつや！　本能がそう告げてきよる！

ノエルの足元に巨大な魔法陣が展開、地面から粘土と石英を調達しやがった。

世界中に存在し、入手が容易な材料とはいえ、一瞬で手中ですと!?

出たぞ！　こいつもチート持ちや！

「【粉砕】」

魔法を発動し、セメントの原料を粉砕するノエル。男の俺がしようと思っていた労働を涼しい顔でやってのける。

あっ、ノエルたん、今ニヤッてした！　口角の端を持ち上げよった！

ドワーフとしての血が騒いでやがる！

「【焼成】」

乾燥や混合を手際良く済ませるノエルは火魔法を発動。

1，000℃の高温まで操作してみせる。原料を難なく焼成ですか。普通できへんやんそんなん。言うといてや、できるんやったら。

ノエル曰く、火魔法の真髄は熱操作にあるらしい。ドワーフはほぼ例外なく熱操作に長けているとのこと。

「【急冷】」

セメント造りには水で固まる性質を持たせるために急激に冷やす過程が生じる。

ぼーっと見ている間にセメントが完成。

水と砂と砂利を混ぜて硬化したらあら不思議、コンクリートになります。

「シルフィ。竹を生やして欲しい」

「ええ。わかったわ」

とシルフィさん。ズバババ！　と地中から竹が生えてくる。

阿吽の呼吸。見事な連携である。これがエンシェント・エルフとエルダー・ドワーフ真の実力……！

シルフィとノエル半端ないってもぉー！　アイツら半端ないって。

しかもシルフィが生やす竹には魔力が込められており鉄筋と比較しても劣っておらず、むしろ優っているときた。

そういえば俺が芋野郎認定されてからシルフィはノエルと話し合うことが多くなっていた。

これはあれだろうか。俺の聞いていないところで、

「あの男、マジ経済力皆無。こんな汚い修道院で女を野宿させるとかサイテーだわ」

「同感」

「豚は使えないから私たちでなんとかしましょうノエル」

「同じこと考えていたシルフィ」

「これからはエンシェント・エルフの私が『食』を――」

「――エルダー・ドワーフの私が『住』を改善する」

などと悪口で盛り上がり、俺が全く望まない形で友情が確固たるものになったに違いない。泣くでホンマに。

補足すると、コンクリートは現代文明を象徴する優れた素材だが、硬くなるまでに時間を要する。家に使えるようになるのには一月以上かかることも珍しくないのだが、

「【硬化】」

クソが！　なんでもかんでも魔法で済ませやがって！　これだから最近のヒロインは！

諸君、ドワーフに現代知識を自慢することなかれ。消えるで？　存在感が。

こうして鉄筋コンクリートならぬ竹筋コンクリートにより新修道院が建てられた。

奴隷がぜんぜん自重してくれへん。

【ノエル】


「ああ、コンクリートっていうのはセメントを水・砂・砂利で硬化させたもので」

「セメント主原料は石灰石。これはもう帝都で手に入れたから粘土と石英を調達するつもり。どちらも入手は簡単な素材だからね。それらを配合・調整する」

「えっ？　もっと聞きたい？　仕方ないなー。ノエルにだけ教えてあげる。他言禁止だからね？」

「コンクリートの強度は高くて堅牢だけど引っ張り強度を補うためシルフィにお願いして竹を生やしてもらおう。本当は鉄筋が良いんだけど代わりになってくれるはず」

アレンの話が面白い。ドワーフとしての血が騒ぐ。こんなことは初めて。

シルフィ曰く、彼は信用するに値するかもしれないとのこと。

万能の彼女がそう言うなら信じられる。

でも退屈な日々が終わることは期待していなかった。

していなかったのに。

気がつけばアレンから目と耳が離せなくなっていた。

話を聞けば私たちの生活環境を改善したいらしい。

鉄筋コンクリート、聞くだけで楽しい。それをエルダー・ドワーフの私に話してくれたのが嬉ししかった。

「【抽出】」「【粉砕】」「【焼成】」「【急冷】」「【硬化】」

アレンの言った手順で進めていく。

出来上がっていく素材、これはもう叡智。

瞬く間に完成した新修道院を眺めながら私は確信する。アレンはただ者じゃない。

【再生】もすごい。それを見せびらかさないところもすごい。

驚くような知識を持っていたのにそれをずっと自慢しなかったのもすごい。

けど興味関心を示したら「えっ？　もっと聞きたい？　仕方ないなー。ノエルにだけ教えてあげる。他言禁止だからね？」と甘やかしてくれた。

こんなに楽しくて、金に匹敵する知識・知恵を教えることを惜しまなかった。優しい。器も大きい。

気がつけば私もシルフィと同じようにアレンの負担を軽くしてあげたいと思い始めていた。退屈な日々が終焉した。

【アレン】

なんじゃこりゃぁあ！

俺はノエルにほえた。うそ、ほえそうになった。

目が覚めると新修道院が三つになっていた。昨夜には一つしかなかったのに……！　なかったのに……！

「アレンとシルフィ、それから私。三人分建ててみた」

どこからともなくひょこっと現れるノエルさん。

相変わらず感情の読み取れない無機質な瞳。しかしその奥に達成感のようなものを感じるのは俺の勘違いだろうか。勘違いですか。そうですか。

ノエルはじぃーっと俺を凝視したかと思いきや、シルフィへと視線を移して、

「褒めて欲しい」

!?

俺を目の前にしておきながらシルフィに褒めて欲しいだと？

ご主人様の目の前で堂々と言い張りおって！　舐められとる。これ絶対舐められとる！

人数分の新修道院建設はおそらくシルフィの指示だろう。俺と離れて暮らすことが悲願だったに違いない。

旧修道院はオンボロの上にオタクくさいひょろガリ童貞と同じ屋根の下で過ごさなければいけない。

おまけに金なし。才能なし。しょせん【再生】だけの見かけ倒し。無能である。

そんな男に「いつ襲われるかもしれない不安と恐怖に駆られる生活はもう嫌だ」そう言いたいで

すか貴女方(がた)……！

なんでこんなことするんですかァ!!

あまりのショックで頭が真っ白になる俺をよそに微笑を浮かべるシルフィ。

「アレン。ノエルを褒めてあげてもいいんじゃない？」

おかしいよ！　こんなの絶対おかしいよ！

シルフィさんはこうおっしゃられておられる。「おめぇと同じ部屋は臭えんだよ豚が！　家はこっちが用意してやったんだ。つべこべ言わずにさっさと褒めやがれ」

ヤクザや！　目の前に立っているのは美の女神やない。ヤクザや！

おのれシルフィ&ノエル……！　俺が本心を口に出せないムッツリスケベであることをいいことに。やりたい放題しやがって。

このまま引き下がるアレンさんではないわ！

納得できないことしかなかった俺はお得意の機転を利かすことにした。

ここまでボコボコにされておきながら胸中で泣き崩れるだけなんてあまりに可哀想(かわいそう)だ。俺は自分が不憫(ふびん)でならない。

シルフィが嫌味を言ったことは理解している。ノエルがそれに協力していることも。

だが、対外的に俺はノエルを褒めていいことになっている。すなわち見るからに柔らかそうな頭を撫でていいということである。

ナニに触れたかわからないような俺の手をノエルの頭に乗せていいということ。

ぶははは！　転がされてもただでは起き上がらないこの発想。

知将、否、恥将の変態ドスケベとは俺のこと。舐めるなァ！

俺を敵に回す＝セクハラ上司の誕生であることを身を持って味わうがいい！

「ありがとうノエル」

うわ、さらさらー！！！　めっちゃサラサラー！！！

えっ、なにこれ！　女の子の髪って触れただけでこんなに心地良いものなの!?

しゅごーい！

ノエルの銀髪は思った通り、いや、想像の何倍も手触りが良く、俺の心は見事にさらさらになった。そう浄化されたのだ。幸せすぎる。今なら天に召されてもいい。


【シルフィ】


「褒めて欲しい」

アレンをジッと見つめていたノエルがそんな本心を口にした。

どうやら少し照れているように見えるわね。本人に対してではなく私に言ったのが何よりの証拠だわ。

ノエルの口数は少ない。基本的に彼女はモノづくり以外、興味関心が薄い女の子。

そんな彼女がご主人様であるアレンに「褒めて欲しい」ね。ふふっ、可愛い。

だから私は二人に助け舟を出すことにした。

「アレン。ノエルを褒めてあげてもいいんじゃない？」

どうかしら。これならやりやすいでしょう？

「ありがとうノエル」

えっ、嘘!?　なっ、撫でるの？

アレンの手って意外と綺麗なのよね。

羨まし——!?

いやいや落ち着きなさいシルフィ！　美の象徴、最上位のエンシェント・エルフである私が羨ましいなんてことは——。

……。

…………。

…………。

とりあえず明日から収穫できる食物を増やそうかしら。べっ、別に他意はないわよ？


【ノエル】

アレンの手が温かくて心地いい。

悪い人じゃないと思う。

……えへへ。


【アレン】


人生は選択の連続。判断次第で未来が激変すると言っても過言じゃないわけで。

分岐点。そんな言葉が脳裏によぎる。返答一つで己の運命が決定してしまう緊張感。

ヒリヒリするぜ。

「アレンが私たちを買った理由――真意をそろそろ聞かせてもらえないかしら」

畑で手入れをしていた俺が「大きくなったね」と芋にコミュニケーションしていたときのことである。

背後から声をかけられた。

振り向かなくてもわかる。この声はシルフィだ。いよいよ来たか……！

これ以上ごまかすことはできない。そう思った俺はシルフィを見据えるため芋を愛おしそうに抱えて立ち上がる。

うわっ、超絶美人……！

背後にめちゃ綺麗な女性が立っとった！

栄養を補給し、身なりが整っていく奴隷とは対照的に俺の精神はひょろガリ童貞のまま。

視線が合うだけで「えっ、あの……その」と典型的な非モテ男子である。

「お兄ちゃんって顔も見た目も性格も悪いよね。しかもオタクのクソ童貞でしょ？　だからモテないんだよ？　ほら、豚さんみたいにふゴォって鳴きなよ」とは妹の談である。

ふゴォ！　存在の全否定！　天使の皮を被った悪魔とは妹のことだ。

「私も気になっている。教えて欲しい」

続いてノエル。感情の起伏がない彼女だが、驚くほど整った顔つきであり、知性を感じさせる美少女である。

瞳の奥は無機質であり、真理を追い求めるときの癖か、ジッと俺の両目を凝視してくる。可愛い。

くっ、やっぱり直視できない！

「私たちは希少種。健全となった現在ならその価値は計り知れないわ。けれどアレンは生活の足しにする程度。や、い、い、やりたいことや欲望は本当にないのかしら」

シルフィが詰めてくる。

俺は二人を購入してから過ごした日々を振り返る。

この世界における魔法の基本属性は【火】【水】【風】【金】【土】の五つ。

シルフィは【風】の進化属性【木】に適性があり、魔法を発動することで植物の成長を促すことができる。

さらにノエルは【火】【金】に適性があり【土】を得意とする錬金術師。

彼女たちは相互効果を発揮し、なんと荒廃した修道院を快適な生活空間にし始めた。

それも俺に見せつけるかのように。

「アレンは無能、私たち有能！」とでも言いたいのだろうか。突き上げ反対！

思い返せば俺のピークは二人を【再生】し「よく頑張ったね」とそれっぽい台詞を口にしたときのような気がする。

ご主人様の活躍が秒で霞む順応性&奴隷間の結束、生活水準の爆上げ。

鉄筋コンクリートならぬ竹筋コンクリートによる新修道院も完成し、分け与える立場から『食』と『住』を恵んでもらう側になっていた。

その現実を叩きつけられ、惨めな気持ちになった俺はどうしたか。

拗ねた。スネちゃまになった。ふて寝してゴロゴロした。

二人の才覚に嫉妬し、激おこぷんぷん丸でヒモのような生活を送るようになった。

吾輩、治療院にも行ってない！

だってシルフィが収穫した植物が食卓に並び、食費がほとんどかからないから。もうね、絵が完全にダメ男。

最近やったこと？　食って、糞して、ゴロゴロ、おねんねかな。

もはや異世界英雄譚など微塵もない。ワロタ。いや笑えない。

家でダラけている男というのは、やはり女性から見ると何か思うところがあるようで、シルフィとノエルは毎日俺の真意を聞きたがってきた。

「どうして良くしてくれるの？」

「どうして私たちを利用しないの？」と。

アレン知ってる！　また嫌味!!

＞どうして良くしてくれるの？

してへん！　ワイなんもしてへん！　そもそも養われてるの俺やんけ！

むしろ俺がどうしてタダ飯させてくれるのって聞きたいわ！

＞どうして私たちを利用しないの？

惨めになるからに決まってんだろ！

チミらに魔法を発動させたらさ、何もできない俺が目立つじゃんか！

そもそも『食』と『住』を女の子から——奴隷から提供されて自給自足できているのにこれ以上、何に利用しろと!?

おめえは無能のダメ男なんだからもっと惨めな姿を曝け出せってこと!?

これが女房にネチネチ嫌味を浴びせられるダメ亭主の気持ちか！　拷問じゃねえか！

とはいえ、享受できる立場にある以上、「俺を舐めるな！」なんて文句は勘違いも甚だしい。

もはや俺は彼女たちの脚を舐めろと言われても喜んで舐める犬になっている。

むしろ舐めたいのだが、そういう方面では全然要求してくれないのがこれまた嘆きたいところである。

だが、二人はとことん俺を惨めにしたいらしく、

「実はこんなこともできるのだけれど……」

「見てアレン。【高速錬成】」

世にも珍しい木魔法と素人でもわかる圧倒的な錬金術。

彼女たちは性懲りもなく見せつけてきやがった。

こいつら俺をうつ病に追い込もうとしとるんちゃうやろな!?

俺は拗ねるしかなかった。殻に閉じこもる以外、自尊心を守る術がなかったからだ。

だが、いつまでもこうしているわけにはいかない。

このままだと俺は器の小さい男になってしまう。

「わたしのご主人様ってアソコだけじゃなく器も矮小なのよね」などと言われてはたまったもんじゃない。

そんなことを盗み聞いたとき、俺は首を吊る自信がある。

一体どこの世界に「芋は友達」と即答する異世界転生者がいるだろうか。ええ加減にせえよ。

ええい……もういい！　今日という今日はビシッと言ってやる。

やりたいことや欲望は本当にないのかって？

ヤりたいに決まってんだろ！

建前を脱ぎ捨てろ。スッポンポンで良いことしちゃえ。

言え！　俺の欲望をストレートに言っちまえ！　ヤりたいと言えぇぇぇぇぇ――!!

「――まずはこの世から飢饉（ききん）をなくすこと、かな？」

脳内炭○郎「逃げるなァ!!　逃げるな卑怯（ひきょう）者ォォッッ！」

【シルフィ】

「アレンが私たちを買った理由――真意をそろそろ聞かせてもらえないかしら」

「私たちは希少種。健全となった現在ならその価値は計り知れないわ。けれどアレンは生活の足しにする程度。やりたいことや欲望は本当にないのかしら」

アレンが無意味にチカラを発動することを嫌っているのはこの数月の生活で嫌というほど理解しているつもり。

奴隷の私とノエルにスキルと魔法を強要しないのが何よりの証拠。

彼は『食』と『住』の環境が整った途端、欲望とは程遠い、隠居のような生活を送るようになった。芋に異様なこだわりがあるように見えるのは私の勘違いかしら。

まるで達観した老人――仙人と暮らしているような錯覚。

気がつけば私はアレンを目で追い続ける日々。興味関心が尽きなくなっていた。

「どうして良くしてくれるの？」

「どうして私たちを利用しないの？」

「実はこんなこともできるのだけれど……」

「見てアレン。【高速錬成】」

褒められた趣味でないことは百も承知の上で、能力を見せつけたり、問い詰めることが多くなったわ。

きっとアレンの『本心』を聞きたくなっていたのね。

言葉にできない不思議な雰囲気に興味を惹かれ始めていた。

争いを好まない。それは観察していればわかる。けれど彼も人間。やりたいことや欲望が何かあるはず。

そうでなければエンシェント・エルフとエルダー・ドワーフの私たちを買って【再生】を発動するわけがない。

独りで寂しかった？　いいえ、違うわね。彼はそんな理由で奴隷を買うような男じゃないわ。

だとしたらなぜ――？

芋を愛おしそうに抱えて立ち上がるアレンは私の目を見据えてきた。

きっと観念したのね。これ以上黙ってはいられない、と。

「――まずはこの世から飢饉をなくすこと、かな？」

!?

積もりに積もった疑問が瓦解した。点がつながり線になったわ。

彼は――アレンは私たちの想像を遥かに超える、もっと別の次元で物事を考えていた。

「芋は友達」などと言いかねない光景に私はずっと引っかかっていたわ。

けれど芋が持つ性質——痩せた土地でも育ち、主食にする種族も多い事実を思い出す。

飢饉をなくすためには必要不可欠であり、有効な食物。まさしく最適な植物。

ああ、やっぱり……！

アレンはただの芋野郎なんかじゃなかった。思い描く理想が遠いだけ。

それを他ならぬ彼自身が痛いほど理解している。

だから時折、畑で顔に翳(かげ)りがあった。悲しそうにしていたのは全部そういうことだったのよ!!

飢饉をなくすなんて神じみた理想。

おいそれと打ち明けられる欲望じゃない。

完全に信用したわけではないけれど。

付いて行ってみよう。アレンが見ようとしている光景を彼の近いところで眺めてみたい。

そう、私は思い始めていた。


【アレン】


アレンぽよ。

前世の妹に言われて最も衝撃的だったのは「汚い顔してるでしょ？　ウソみたいでしょ？　生き

てるんだよ。それで」です。

だから俺は妹にタッチ！　タッチ！　してあげた。

「ちょっとお兄ちゃんセクハ……あはは！」とこちょこちょ攻撃。美月ちゃんは元気にしているだろうか。

異世界転生でそれだけが唯一の心残りだ。

さて、本日はシルフィの耳を疑う発言から行きましょうか。どうぞ。

「開墾しましょうアレン。世界から飢饉をなくすためには広大な土地が必要になるわ」

「そうだね（嘘やろ!?）」

平日の昼間からゴロゴロ〜、ゴロゴロ。

あーあ、「俺またなんかやっちゃいました」できねえかなと考えていたときである。

シルフィママはおっしゃられた。「働け」と。

彼女の怖いところは俺がチキンになって真意を隠した偽りの欲望を口にしたことだ。

本当はにゃんにゃんしたいだけだったのに、聖人みたいな、クソほども思ってない草台詞。

シルフィだって俺の下心には薄々気が付いているはずなのに。

てめえが飢饉をなくしたいって言ったんだからな、みたいな？　揚げ足取りめ……！

ええい、切り替えろ！　嫌味に負けるんじゃない！

ピンチはチャンスだ。ちょうど良い。異世界転生の醍醐味、現代知識チートを披露してやろうではないか。

主役の座を奪われているにもかかわらずこの切り替えの早さ。惚れ惚れするぜアレン。

かつて俺は植物なんて種まいて、水やって太陽当てたらあとは勝手に実が成ると思っていた。

だが、小学生の植物博士に「お前は間違っている！　頭おかしいよ！」と論破されたことがある俺は知っている。

農業とは自然じゃない。人工的なものだ。

「肥料をつくろう」

「肥料……？」

きょとんと首を傾げるシルフィさん。木魔法が魔力と引き換えに植物を成長させるものの、世界から飢饉をなくす規模となれば正攻法の農業にも頼らざるを得ないわけで。

知識を見せびらかすチャンスだ。

「農業には連作障害といって同じ作物を育てていると栄養素が足りなくなるんだ。それを肥料で補おう」

「栄養分を補ってもらえれば魔力の消費量が減りそうね。実の味も向上するでしょうし、助かるわ」

俺は感謝されて伸びるタイプの男の子だ。掌の上だとわかっていても口の筋肉が緩んでしまう。

ちょろい。ちょろすぎるよアレンさん。

「木を切り倒すための斧と硬い土を掘り返す鍬も作っておこうか。それと輪栽式農法と言って農業生産性が上昇する画期的な方法があって――かくかくしかじか」

輪栽式農法は農業革命だ。休耕地で家畜の餌を、肥沃になった土地で小麦をつくり、休耕地はなくなる。

牧草を保存すれば家畜の飼育数を増やすことができ、家畜は小屋で育てることで堆肥を作ることもできる。

家畜増える↓堆肥もたくさん↓土地肥える↓穀物の収穫量アップ。まさしく正のサイクル。

借り物の知識でマウントを取ったわけだが、これが伏線になるなんて夢にも思わなかった。

「……っ」

いかん。シルフィさんの顔が引き攣っているではないか！　また知識を見せびらかして悦に入ってた。女の子にとってマウントおじさんの話ほど退屈なものはないって知ってたのに！

俺の焦りやシルフィの絶句をよそに目をキラキラとさせているのはノエルだ。

知性を感じさせる圧倒的美少女。さらさらの銀髪が眩しい。

モノづくりの匂いを嗅ぎつけたに違いない。俺から賞賛を横取りするハイエナめ。

「面白そう。斧、鍬、肥料全て私に一任して欲しい」

なんだァ？　テメェ……。

今なら肺活量だけでペットボトルをぺっちゃんこにできる気がする。

ざわ…ざわ…。勝たなきゃ誰かの養分。

そんな格言が脳裏によぎる。

農具と肥料に興味津々のノエルは鼻息を荒くして俺を凝視。

こっ、こいつ……！　俺の活躍を奪う気満々だ！

「いや、あの、これはですね……」

「私も恩を返したい」

悪いけど仇ァ！　それ恩じゃなくて仇だァ！

クソッ、奴隷から恩を仇で返されるとか……どんだけ噛ませ役なんだ俺は。

「でも俺がやった方が――」

「――問題ない」

問題大ありィ！　これ以上、出番を取られたら、俺が威厳を見せつけられるのって本当に【再生】だけになるじゃないですか!?

【再生】だって俺が凄いんじゃなくて能力がチートなわけで。

つまり誰でもいいわけでしょ？　やだやだやだ！　俺だってチーレムしたいもん！　可愛い女の子や美人から称賛されたいもん！　全肯定して欲しいやん？

俺は助け舟の出航をお願いするべく、ついつい視線を逸らしてしまうシルフィの顔を見る。

言え！　いや、言ってください！　「アレンにやらせましょうノエル」って言ってくれ！

「あまり駄々をこねちゃメッ！　よアレン」

なんでやねん！　なんで俺が駄々こねてることになっとんや。人差し指をビシッと立ててウインクの破壊力も凄いけど、それ以上に俺の心が滅びのバーストスト◯ームだよ！

「感謝する」

何を!?　何を感謝したんやノエル!?

チミには罪悪感ないんか!? ご主人様がモノづくりTUEEE! しようとしているところを邪魔しようとしてるんやぞ!

嬉々として農具&肥料作りに取りかかるノエルの背中を追いかけようとしたとき。

俺の手に柔らかい感触。

HA☆NA☆SE!

シルフィさん……貴女って人はここで女の武器を行使するんですか! しゅごい! お手手しゅべしゅべー!

「ふふっ」

美人の微笑み破壊力ありすぎぃー!

パリーん!! 俺の心のメガネが割れた。いや、意味がわからん。

結局俺はお手手の感触だけで行動不能になってしまう童貞野郎であることが露呈した。

「肥料の詳細について説明を求める」

あのノエルさん……近い。近いです。ほらっ、ぷにゅんって! ぷにゅんってボディがタッチしてる! うっぴょ!

もういいや。全部ゲロっちまおう。

「植物には必要な栄養素が三つ。窒素、カリウム、リン酸。魚かすや肉骨粉は仕入れてあるから、あとはシルフィの木魔法で菜種や大豆の油かすを混合して……カリウムは木を燃やした灰で調節しようと思ってたんだけど」

「実に面白い」

ガリレオかよ。

ノエルは錬金術を発動し、帝都で購入しておいた鉄を加工、ものの数秒で斧と鍬を錬成。

肥料は三大栄養素の比によって使用量が異なってくるため、その見極めにハマったご様子。

それでも大して時間をかけず、斧や鍬などの完成品を手渡してくる。

「これでアレンの作業も楽になる。褒めて欲しい」

なっ、ななな!?　アレンの作業も楽になる!?　おのれノエル、さてはキミ、モノを作るだけで伐採や開墾は俺にさせる気か!?

搾取や！　こんなん搾取やでぇ！　ご主人様の方が搾取されとるがな！

しかも褒めて欲しい？　図々しすぎる！

不当な扱い断固拒否！　俺はシルフィを見つめて抗議する！

「ふふっ、褒めてあげたら？」

嫌だぁぁぁぁぁぁぁぁっ！　むしろ俺を褒めてよ！！！！！！

☆

俺は半ば強制的に握らされた鍬を握りしめ、俯く。シルフィの見えないところで真っ黒の笑みを浮かべていた。

計画通り……！　してやったりだ。

なにせ俺には【再生】がある。

これは【回復】の超上位互換だと思ってくれれば理解が早い。

よもや蘇生（そせい）という圧倒的チートを『肥沃（ひよく）な土を地表に出す』重労働に使用する日が来るとは思ってもみなかった。

だが、俺はやる。やるといったらやる。

シルフィはきっと重たい腰を上げた俺のことを褒めてくれるだろう。

もっ、もしかしたらまたお手手を握ってくれるんじゃ……？

うっひょおおおおおおおおおお！

しゅしゅぽっぽしゅしゅしゅっぽっぽ！

おりゃアァァァァァァァァァァ！

ザクザクザクザクザグザグザグザグ【再生】ザグザグザグザグザグザグザグザグザグ【再生】ザグザグザグザグザグザグザグザグザクザクザクザクザグザグザグザグザクザクザクザクザグザグザグ【再生】ザクザクザクザクザグザグザグザグザクザクザクザクザグザグザグザグ【再生】ザクザクザクザクザグザグザグザグザクザクザクザクザグザグザグザグザクザクザクザクザグザグザグザグザクザクザクザクザグザグザグザグ!!

まるで何かに取り憑（つ）かれたように開墾する。俺だってやればできるんだぜ？

トチ狂ったように鍬を振り回し、肥料を撒（ま）いていく。

「凄いわねアレン……！」

「凄い。私も頑張る」

圧倒的開墾力を見せつける俺に二人が珍しく絶賛してくれる。そうそうこれこれ。こういうの欲しかったの。

俺の活躍にヒロインが全肯定してくれるやつ。気持ち良ぃ。超気持ち良ぃ。できればもっと気持ち良いこともしたいな。チラッ。

「「ひそひそ」」

期待の眼差し（まなざし）を向けると二人は秘密話をしていた。

うん？　どうったの？

諸君、起点である。ここから致命的なすれ違いが始まった。

俺はシルフィのことを童貞を手玉に取る魔性の女だと勘違いし、彼女もまた俺が上に立つべき者だと信じてやまないという、嘘みたいな成り上がり魔王譚である。


【シルフィ】


「開墾しましょうアレン。世界から飢饉をなくすためには広大な土地が必要になるわ」

と言ってから彼の行動は早かった。まるで待ってましたと言わんばかり。

やはり私たちの言動を待っていた……？

アレンとの共同生活を送る中でわかったことはたくさんあるけれど、彼は自主性を重んじている傾向がある。

労働の強要、奴隷紋による命令などは一切する素振りを見せなかった。

飢饉をなくしたい願いは立派な志だけれど、残念ながら非現実的だと言わざるを得ない。そう思っていたわ。

アレンの言葉を聞くまではね。

「肥料をつくろう」

「農業には連作障害といって同じ作物を育てていると栄養素が足りなくなるんだ。それを肥料で補おう」

「木を切り倒すための斧と硬い土を掘り返す鍬も作っておこうか。それと輪栽式農法と言って農業生産性が上昇する画期的な方法があって――かくかくしかじか」

特に驚きを隠せなかったのが輪栽式農法。

土地を冬穀、根菜、夏穀、牧草に分けたことで少ない労働力で多くの人を養うことができる。まさしく革命と言っていいわ。

牧草には肥料が不要、栄養価が高く、蜂蜜まで取れる植物もあるとのことだった。

「……っ」

アレンの博識に言葉を失ってしまう。

植物の成長を促す【木】はエンシェント・エルフの私しか発動できない魔法。

私が選ばれた、買われた理由がはっきりした。アレンは本当にこの世から飢饉をなくすつもりでいるわ！

何に驚いたって普段のぐーたら生活の裏にとんでもない野望を飼っていたことよ。

芋に話しかける姿からは想像もできない野心。

口先だけの偽善者。そんな疑惑が頭によぎったこともある。

けれど本物だったことを証明するような展開が続いたわ。

「植物には必要な栄養素が三つ。窒素、カリウム、リン酸。魚かすや肉骨粉は仕入れてあるから、あとはシルフィの木魔法で菜種や大豆の油かすを混合して……カリウムは木を燃やした灰で調節しようと思ってたんだけど」

ザクザクザクザクザグザグザグ【再生】ザグザグザグザグザグザグザグ【再生】――。

必死に勉強したに違いない肥料の知識をノエルに託し、己は【再生】を利用した開墾。

その姿は誰がどう見ても真剣。執着のようなものを感じ取ったわ。

「凄いわねアレン……！」

「凄い。私も頑張る」

思わず圧巻・賞賛の言葉が漏れてしまう。おそらく叡智を授かったノエルも同じような感想を抱いたのね。感情の起伏があまりない彼女も驚きを隠せない様子。

「「ひそひそ」」

私はノエルに提案する。

自主性を尊重するアレンのために私たちでできることをやりましょうって。


【ノエル】


アレンから飢饉をなくしたいと打ち明けられたときは半信半疑だった。

行動が伴っていることはわかっていながらもどうしても信じきれない自分がいた。

けどそれも今日で終わり。私もこれからはエルダー・ドワーフとしてのチカラを出し惜しみしない。

肥料と輪栽式農法。さらに【再生】を利用した開墾。

アレンは本物。そして本気。

モノづくりが何よりの楽しみである私に躊躇うことなく叡智を授けてくれる。

画期的な知識を得るためには血の滲むような努力や苦労があったはず。

飢饉をなくしたいためとはいえ、金に匹敵する情報を私に託してくれるのは信頼してくれているから。

それに応えないわけにはいかない。エルダー・ドワーフの名にかけて彼を支える。

「凄いわねアレン……！」

「凄い。私も頑張る」

真剣なアレンを目の前にしたシルフィが、あの万能の天才であるシルフィが目を見開いていた。

まるで信じられないものでも見たかのように。

「「ひそひそ」」

自主性を尊重しているアレンを慮って今後は己の意思で行動していこうと提案された。

賛成。

私もアレンの理想が実現した光景を彼の傍で見てみたい。


【アレン】


この世界には二種類の人間しかいない。

勝ち組か負け組か。

仕組みを作る方か従う方か。

――搾取する側かされる側か。

瞼を閉じる。

異世界に転生し、やりがい、金、性を搾取しようと誓った前世の記憶を思い出す。

そうだ。忘れもしない。あれは俺の誕生日だった。

悲劇は起きた。

「私のグリーンピースとお兄ちゃんのから揚げ交換してあげる♪」

美月（みつき）ちゃん、美月（みつき）ちゃん！　貴女って娘は！

俺の大好物はいつの間にか緑の粒になっていた。

わあああああやめろやめろやめろ俺から取り立てるな！　何も与えなかったくせに取り立てるのか！　許さねえ!!　許さねえ!!

怒りに狂った俺に美月（みつき）ちゃんは言う。

「育ち盛りだから……ね？」

たしかに妹は女子高生とは思えない凶悪な果実を実らせていた。だが、兄である俺からすれば脳内に栄養を運んで欲しい次第だ。

「揉（も）んで……いいよ？」

お願いだから、から揚げ返してください。

こうして現在の俺になったとさ。

どうも。アレンです。

熱い要望に応えて俺の背景（バックグラウンド）を公開してみました。誰だ草生えるとか思ったやつ。捻り潰すぞ。

さて、昼間からゴロゴロしていたときのこと。俺はとある真理にたどり着く。

暇！！！！

「ノエル。ちょっといい？　忙しかったら大――」

丈夫だけど、と言い切る前に、

「構わない」

と食い気味で接近してくる。

彼女はエルダー・ドワーフという希少種で早い話、モノづくりの大天才。

俺から吐き出させた知識を瞬く間に理解し、驚異的な物覚えで己の血肉にしていく無機質美少女。

荒廃した修道院を竹筋コンクリートで新築、鍬を錬成し、透き通るような瞳で「これを使って耕して欲しい」とお願いされたときのことを俺は一生忘れることはない。

よもや奴隷に美味しいところを奪われたあげく、雑用を丸投げされるという。

クソッ！　俺ってやつは美月ちゃんに搾取されてきた日から何も成長してねえな。凹む。

だが転んでもタダで起き上がらない。粘り腰のアレンとは俺のことよ。

出番こそ奪われた俺だが、役得なこともあった。

ノ、エ、ル、と、俺、の、距、離、である。

ここでいう距離とは物理的なもの。

普段の彼女は俺のことを案山子か何かと勘違いしているほど無関心だが、俺の脳内――すなわち現代知識のことになると両目をキランと輝かせ、息も荒くなる。

のめり込んだら周りが見えなくなる典型的な職人だ。

おかげでノエルから柔こい柔こい腕を押し当てられるという役得！

これは合法的セクハラである。なにせ迫ってきているのは彼女。俺からは触れてない。これで「触れちゃった。気持ち悪ーい」などと言われた日には立ち直れる自信がない。

チラッと視線を落とす。

まつ毛長！　くるるんって。くるるんってしてる！　きゃわわわ！

「……これはなに？」

俺の視線など、意に介さないノエルは設計図に釘づけだ。

よしよし。やはり彼女はモノづくりのことになると盲目だ。

俺は早くも食っちゃ寝耕し生活に飽き始めていることなど、おくびにも出さず、

「左からリバーシ、チェス、将棋、囲碁、ジェンガって言って——かくかくしかじか、なんだ」

いやあ、異世界ファンタジーといえば娯楽は避けて通れないっしょ。

事実、中世ではお酒とエッチぐらいしか楽しみがなかったらしいよ。

飲酒かえちえちがあるなら時間も潰せるけど、なんの冗談か、全然そっち方面に縁がないんだよね。間違っているのは俺じゃない。世界の方だ！

「面白そう。作らせて欲しい」

「それじゃお願いできる？」

「了解した」

どうやらノエルは本当に俺の脳内にしか興味がないらしい。驚くほど機敏な動きで俺から離れて

いってしまう。

余韻！　キミは余韻ってもんを知らんのか！　もうちょっと二の腕の感触を楽しませて欲しい。

☆

ノエルは半時間もしないうちに娯楽品を完成させていた。

俺が提案した娯楽は盤と駒があれば比較的簡単に製造できるわけだが、それでも早すぎる。

モノづくりで俺に日の光が当たることはもう二度とないだろう。なんてこった。

なーんて、思ったら大間違いである。

「面白そうじゃない。私も混ぜてもらえるかしら」

ククク……カモが来やがったぜ。

ノエルにルール説明していたところにやって来たのはお美しい奴隷、シルフィである。

美の女神の生まれ変わりと言われても信じてしまいそうになる美女である。

ダンチ過ぎて「エッチしたい」などと口が避けても言えないレベルだ。

しかし、俺とてただのクソ童貞ではない。頭の中は常にえっちぃことでいっぱい。

女性と付き合ったことはおろか、妹を除いてまともに会話したことがない俺に「やらないか？」と誘うのはハードルが高すぎる。

そこで、だ。

ＩＱ85の天才、アレンは閃いた。

娯楽のゲームを利用すればいい、と。

お約束通り、異世界には娯楽がない。それすなわち俺だけがルールや戦略を把握しているということ。圧倒的有利！

蟻一匹通さないかんっっぺきな作戦。俺は自分で自分の有能さが怖い。

「というわけでルールは以上。もしシルフィとノエルがよかったらだけど、勝者は敗者に何でも命令できる、なんてのはどう？」

なんて平然と言ったが、心臓はバグバグだ。きっと俺の頭をカチ割ったら、おっぱい、お尻、太もも、脚が99・9％占めていると思う。小学生かよ！

しかし俺は引き返さない。俺の後ろに道はない。人間は前を進むために生まれてきたのだから！

「その方が面白そうね。いいわよ」

「私も構わない」

ぶぁーか！ 智将、いや、恥将の策にまんまと乗りおって！ 万に一つでも勝てると思ったか⁉

いくら脳と下半身が直通特急の俺とはいえど、娯楽処女の二人に敗北を喫するアレンさんではないわ！

☆

「……えっと、アレンの石がなくなった場合は私の勝ちでいいのよね？」

リバーシって片方の色に塗りつぶされることあるの!?　シルフィ強過ぎィ！

ワンアウト！

「チェックメイト」

ご丁寧に裸の王様(キング)状態にしやがって！　ノエル、キミには失望した！

ツーアウト！

「「もう詰んでいる（わよ）アレン」」

どうやら数百手先が見えているらしいシルフィとノエルは、まだ何がどうなるのか俺にはさっぱりの盤面で告げてくる。

もはや死刑宣告である。

スリーアウト!!　バッターチェンジ！

こうして俺を公開処刑するだけの娯楽が誕生した。

はぁーあ、ただの遊びすら俺ＴＵＥＥＥできないとか、クソ転生じゃねえか。

これ下手したらマジで【再生】が俺のピークなんじゃね？

ちなみに。

勝者が敗者に一つだけ何でも好きなことを命令できることをすっかり失念していた俺は「奴隷紋を解け」と言われるんじゃないかとビクビクしていた。

捨てないで！　芋畑なら耕せます！

結論から言う。

数日後にシルフィは、

「私を商業ギルドに登録してくれないかしら」

ノエルは、

「娯楽品の所有権が欲しい」

とのことだった。

神は俺を見捨てなかった。やったやった！　全然何の役にも立たないご主人様だけどこれからも快適な自給自足が送れるぞ！

ちなみに商業ギルドとは商人組合のことで、営業者の利害を守るための組織である。

ノエルの方は錬金ギルドなる組織に興味が惹かれたようなので登録してあげた。

こういう小さなポイントを稼ぐのが大事。少しずつ距離を詰めていこう。

女の子に脱いでもらうために娯楽を利用するなんてバカがすることだよね。凹む。

登録を済ませた俺はスキップ。まさか二人が奴隷で居続けてくれるなんて夢にも思いませんでした。これは案外嫌われていないのでは？

などと楽観的思考に陥っていた時期が俺にもありました。

ネタバレを先に言っておきましょうか。

知らぬ間にシルフィとノエルが金持ちになっていた。

それはもう大金である。

俺が帝都で大流行している娯楽を目にするのはしばらく後のことになる。

そこにはご主人様のものは奴隷のもの、奴隷のものは奴隷のものという、どこぞやのガキ大将よりも酷い光景が広がることになる。


【シルフィ】


「面白そうじゃない。私も混ぜてもらえるかしら」

アレンがノエルに娯楽品を製造させたいことを嗅ぎつけた私は内心緊張していた。

一見、彼はただの脱力男のように思える。けれどそれこそが彼の凄さ。鼻水を垂らした幼い男の子のような言動は全て演技！

きっと真のアレンは賢者にも引けを取らない人格と知恵の持ち主。

偉大すぎるチカラを手にし、葛藤と苦悩の末、他人の目を欺くことにした。

でなければ、修道院で自給自足しようなんて考えるはずがないもの！

【再生】という神技を持ちながら質素倹約。どうやら彼から勉強しなければいけないことは山のようにあるようね。

私はアレンが発明した娯楽品の説明を聞いて叫んでしまいそうになっていた。

リバーシにチェス。帝都にリリースすれば間違いなく富豪の仲間入り。

想像力のない無能でも理解できることだわ。なのにアレンは平然としている。

なに……どういうこと？　もしかして私たちは試されているのかしら。

世界の飢饉をなくしたいという思想。

賢者顔負けの叡智の数々。

【再生】という超越したチカラ。

考えなさい！　考えるのよ！　ただ暇だからという理由だけでこれだけの娯楽を惜しみもなく披露した？　ハッ、笑止。

冗談もいい加減にしなさいよシルフィ！　あなたが考えなくてどうするの!?

きっと何か裏がある。それをアレンは口にしないだけ。彼は私たちの気付きを尊重し、期待――重視しているに違いない。

少なくともここで楽しく遊ぶことが最適解じゃない。それだけは間違いないわ。

ざわ…ざわ…。

胸がざわつく。

「というわけでルールは以上。もしシルフィとノエルがよかったらだけど、勝者は敗者に何でも命令できる、なんてのはどう？」

！　勝者は敗者に何でも命令できる……？

どっ、どういうことかしら。思考を停止させちゃダメ。食らいつくの。きっと飢饉を無くしたいという目標に繋がっているはずよ。

「その方が面白そうね。いいわよ」

なんて答えたものの、手が小刻みに震えてしまう。

チラッと彼を見れば悪戯好きの少年が悪巧みしているような笑みを一瞬だけ浮かべていた。

試されている！　間違いないわ！　私たちはいまアレンのお眼鏡に適うか試されているのね。

私はノエルに目配せし、全力を出すように意思疎通する。

彼女もまた何か妙な雰囲気を感じ取っていたらしい。

えっ、ちょっとアレン⁉

考えられる何千通りの中で最も悪手な一手よ⁉　そんなありえない一手を連続で⁉

そこで私はようやく確信する。発案者である彼がここまでヘッポコのわけがない。これはむしろ発案者だからこそ可能となった領域。至極。極髄。

最初からアレンは私たちに勝利することなんて微塵も考えてない。

そう。これは私たちに白星を揚げさせるための戦略。

計算され尽くした敗北。

私たちに勝者の命令をさせるために——そしてその中身を審査するつもりね。

私は脳を本気で稼働させる。アレンの資金は底を突いている。

悠長に構えていられない経済的状況。娯楽で遊んでいる場合じゃないのは誰の目から見ても明らか。豚でも理解できるわ。

つまり、これは資金調達を目的にした試練。それに私たちが辿り着けるかを懸けた真剣勝負。

「私を商業ギルドに登録してくれないかしら」

「娯楽品の所有権が欲しい」

考えられる最善。現在の私たちにはこれが限界だった。

果たして彼の答えは――。

――スキップ!?　商業ギルドの登録を済ませた途端、アレンがスキップしているわ！

アレンからすれば及第点だったのかもしれない。

けれど彼の高みに一歩近づけたような気がして私は小さくガッツポーズしてしまっていた。

やった！　やったぁ……！


【アレン】

女神「非モテのままでよろしいのですか？」
俺「今のままではいけないと思います。だからこそ俺は今のままではいけない」↑ドヤ顔
女神「モテるためにどのような対策をお考えですか？」
俺「女の子にモテるためには楽しく、クールでセクシーでないといけないと思います」
女神「ＷＷＷ」
俺「なに鼻で笑っとんねん」

女神「シルフィが農業を、ノエルが工業で活躍している現状については？」

俺「私、芋が大好きなんですよね。一緒に芋を食べましょう。いいの？　って顔、嬉しかったですね」

女神「（芋関係ない!!）貴方が何もしていない現状にどう対応していくのかを伺ったのですが。私は芋の話は聞いているつもりはないんですよ？」

俺「それも絡みますから」

以上、女神との漫談でした。

おはようございますアレンです。

ちょくちょく夢の中で会いにくる女神がウザいです。

まあ、お笑い好きでビックリするぐらいの超絶美人だから役得ではあるけどさ。

女神「反省はしていますが、反省が見えないという自分に対しても反省しています」

もういいからァ！

さて、シルフィを商業ギルドに登録してから二週間が経ちました。

女の子の服を脱がすため、発案した娯楽――リバーシ、囲碁、将棋、チェス、ジェンガは俺をフルボッコするための道具へと変貌。尻の毛まで毟り取られたのは俺の方だった。

今では無制限待ったという舐めプでも完膚なきまで叩きのめされるという……。

両目の光と左腕を【再生】し、食料を恵んでいたご主人様に「お前弱いだろ」と煽る奴隷たち……イジメやで？　キミたちは楽しいかもしれないけど被害者は心の中で泣いてるんやで？　なんでこんな酷いことできるん？

お願いだから服を脱がさせてよ！

当初の目論見は上手くいきませんでしたがマイブームは将棋です。

シルフィに飛車、角、銀、桂馬、香車落ちでお相手してもらってます。

「ふふっ。頭の準備体操にピッタリね」とのことです。

サラッと煽られる雑魚男、アレンとは俺のことだ！

クソッ！　シルフィといいノエルといい、一体どんな頭の構造してやがる。

俺はただ二人の服を脱がしたいだけなのに！　マジでムカつく！

だが調子に乗っていられるのもここまでだ。娯楽ＴＵＥＥＥができないなら他のチートに移行するまで。

俺は考えた。足りない脳みそを振り絞り必死に考えた。どうすればシルフィとノエルが脱いでくれるのか。

その答えは、酒だ。アルコールである。火照る躰。緩む理性。次第に多くなっていくボディタッチ。「ちょっと。どこ触っているのよ、あんっ」と絹のような肌に手を忍ばせ、気がつけば生まれたままの姿。

これだ。これしかない。ひょろガリクソ童貞の俺にシラフは不利すぎる。

「それじゃアレン。今日も行ってくるわね」

「行ってくる」

ギルドに登録してからというもの『食っちゃ寝リバーシときどき開墾』しかやることがなくなっていた俺をよそにシルフィとノエルは帝都に出かけるようになっていた――それも勝手に。

こういうのって普通ご主人様の許可取るもんじゃないの？

というか、修道院に放置って……！

あっ、ちょっと待ってよ!?　最近チミたち自主性に歯止めが利かないね!?

どこ行くの!?　ねえ、どこ行くの？　僕も連れて行ってよ！

後になって思い返してみれば、シルフィたちの「私、また何かやっちゃいました？」が始まったのはここからだ。それ俺の役回り！

☆

定年退職したお爺(じい)ちゃんが退屈過ぎて買い物に出かける奥さんに引っ付き回る気持ちがよくわかる。

暇だ。退屈だ。誰かと話したい。誰かと遊びたい。独りぼっちはもう嫌だ。

だいたいシルフィもシルフィだ。ご主人様の許可も取らずに何勝手に帝都へ出かけて――。

そこで俺はハッと気づく。シルフィは俺の資金が底を突いていることを知っていた。

俺の【再生】開墾、シルフィの植物チート、ノエルの肥料&農具錬成により、食費の負担こそ軽減されたとはいえ、決して贅沢(ぜいたく)な暮らしはさせてあげられてない。

しまった！　バカバカバカアレンのバカ！　どうして自分のことしか考えられなかったんだろう!?

シルフィとノエルは女の子。美味しいご飯だって食べたいだろうし、ファッションだって楽しみたいに違いない。

リバーシ、将棋、囲碁なんてお爺ちゃんしか満足しないゲームじゃん！（↑偏見&失礼）。

そうか。最初から答えは出てたんだ。ご主人様である俺に接待プレイはおろか、ボコボコのボッコボコにしてきたのは「こんな爺くさい遊びつまんねえんだよ！　↑（やっぱり失礼）」っていうメッセージ、いや、悲鳴だったんだ！！！

やっ、やってしまった……！

女の子とゲームができるだけで楽し過ぎた俺は「楽しいねシルフィ／ノエル」なんてずっと声をかけちゃってた!!

そういえば彼女たちのはしゃいでいる姿を見たことがない！

シルフィはクールに「そうね」と答えるだけだしノエルも「楽しい」とそんな風には見えない素気ない返事だった。

あれ、これめっちゃ痛い男じゃね？

前世で例えるなら、娯楽で溢れ返っているのに「おはじきってめっちゃ楽しいよね♪　一日中だってできるよ」みたいな感じじゃない!?　いや、戦後かよ！

そりゃシルフィやノエルが俺に愛想を尽かしても仕方ない。

やっべ！

俺の脳内に嫌な想像が広がっていく。資金は底を突き、衣食住の保証義務のあるご主人様は食っちゃ寝リバーシ。ときどき芋。

嫌々オーラを発しているにもかかわらず、性懲りもなく対局を申し込む雑魚主人。

もしシルフィとノエルがもっとキャピキャピするためにお金が必要だとしたら？

そのためにご主人様に代わって帝都に出稼ぎに行っているとしたら……？

まっ、まままさか躰を売りに!?

いっ、嫌だあああああぁぁぁぁ！

シルフィとノエルは俺のもんだ！

俺が汗水流して買った初めての奴隷だぞ!?

何一つえちえち展開もないのにその奴隷たちは娼館で出稼ぎとかなんの悪夢だ！

嫌な妄想に取り憑かれた俺は全身に汗を流しながら全力疾走。なるほど。これが生活のために水商売せざるを得ない恋人を持つ彼氏の気持ちというやつか。

辛すぎる！　このときの俺は周りが見えなくなっていたので、帝都中が異様な熱気に包まれていることに気がつけなかった。

彼らは視線を落とし、何かに夢中だった。

結論から告げるとシルフィとノエルは娼館にいるわけもなく（そもそも奴隷は主人の許可無しに働けないようになっている）、商業ギルドと錬金ギルドにいた。

「シルフィ！　ノエル！」

二人を発見した俺は汗を拭うことさえ忘れて声を張り上げる。

必死過ぎて童貞丸出しだ。

彼女たちは俺の突然の来訪に両目をぱちくり。

「そんなに慌てて……何かあったのアレン？」

「食べたいものや欲しいものはない？　何でも言っていいよ！」

考えてみればこれはこれでダサいんじゃないだろうか。

美人（美少女）を金や物のチカラでしか繋ぎ止められない男。女性からしたらどう映るだろうか……！　ステータスの一つではあるんだろうけど。

いや、そんなことを考えている場合じゃない！　今はとにかく償いだ。

元々はやりがい、金、性を搾取するつもりだったけど、俺はあまりにも彼女たちに与えてなさ過ぎてた……！

俺が美味しい思いをするためにはまず、二人の女の子が楽しい生活を送れるように頑張る視点が抜けてた！　アレン反省した！　働きたくないけど頑張って働くから！

だから！

恐る恐る視線を上げると、シルフィは薄ら涙を浮かべていた。

「嬉しいわ」

泣くほど欲しかったものがあったんですかシルフィさん!?　極貧生活はそれぐらい辛かったです

か。そうですか。全力で申し訳ない。

猿より弱いくせに対局ばかり申し込んでごめんね！　辛かったよね。俺も辛い。

本当はもう泣き叫びたかったけど男の意地でなんとか我慢したよ。

ただ、この騒動よりも衝撃的なことが後に待っていた。

シルフィたちの欲しいものを買うため、貯金残高を確認しに行ったときだ。

俺の口座に３００万ドールが振り込まれていた。

この世界の通貨単位はドール。１ドールあたり１００円の価値がある。

えっ、ちょっと待って!?　ということは0を2つ足して……3億!?　なんで3億円も俺の口座に振り込まれてんの!?

ん？　んんんんんんんんんん？？？？

そこで俺はようやく帝都中が包まれている熱気の正体に気づく。

彼らはリバーシ、チェス、将棋、囲碁、ジェンガを喰らいつくように遊んでいた。


【シルフィ】


「シルフィ！　ノエル！」

最近よく聞くようになった声。

どくんと心臓が跳ねる。これが突然名前を呼ばれたからなのか、それとも別の理由があるのか、今はまだわかっていない。

彼が必死に駆けつけてくれたことは振り返ってすぐにわかったわ。

すごい汗。

額から大粒の汗を流し、息を乱し、一目散にここまで走ってきた姿が目に浮かぶ。

私とノエルのことで彼がこうなってしまったという事実に内心嬉しい自分がいたわ。本当は何があったのかをすぐに確認しないといけないのでしょうけど。

胸中を押し殺し、冷静さを装う。

今度は反対に不幸の報せだったらどうしよう、と不安になる。

結論から言えばそれは杞憂ではあったのだけれど。

「そんなに慌てて……何かあったのアレン？」

「食べたいものや欲しいものはない？　何でも言っていいよ！」

何を言われたのか——いえ、言葉の意味はわかるのだけれど——全く予想していない言葉に頭が真っ白になる。

食べたいものや欲しいもの……どうして突然そんなことを——？

ああ、そういえば今日は娯楽品の使用料が一括で入金される日だったかしら。

アレンは相もかわらずリバーシやチェス、将棋の対局を挑んでくる。それも隙あらば。

「シルフィさんシルフィさん。ちょいとお相手してくれますかな？」なんて変な口調で。

さすがに飛車、角、銀、桂馬、香車抜きでと言われたときは驚いたけれど——彼の行動の裏には何か理由があることを知っている。これは頭の体操。

これから商業ギルドで百戦錬磨の商人たちと相手をしなければならない。きっとアレンなりの叱咤激励なんでしょう。

言葉にして伝えて来ないあたりが彼らしいわね。

えっ？　「俺はまだ本気出してない？」

えっ、ええ。それはもちろん理解しているつもりよ。

発案者のあなたがここまで弱いだなんてさすがの私も信じていないわよ。猿じゃないんだから。

そんな子どもみたいな負け惜しみで爪を隠そうとしなくてもいいわ。大丈夫よ。

本当は賢者にもなれる実力があることは私とノエルだけの秘密にしておくから。

思わず「可愛い」と呟(つぶや)いてしまいそうになる日常を思い出した私は、彼の温かい心づかいに溶かされてしまう。

ここで涙を見せるのは卑怯だと思った私は感情のコントロールに神経を割き、大泣きを免れる。

たしかに私とノエルが稼いだお金ではある。けれど私たちは与えられたものをほんの少し有効活用しただけ。

勝者は敗者に一つだけ好きなことを命令できる……ヒントだって、彼の口から直接出たもの。

正直に告白すれば失望されるのではないかと心配だった。

娯楽品を帝都に持ち込めば間違いなく流行し、富豪になる。そこまではわかっていた。

けれど問題はリリースの仕方。

チェスの駒を除けば、どれも簡単に作れてしまうものばかり。模造品が出回るのは時間の問題。

だからこそ私はこの娯楽品がヒットした暁には商業ギルド最底辺ランクの銅(ブロンズ)から金(ゴールド)に昇格させること、商業ギルドの売上1%をアレン(主人)の口座に振り込むことを条件に所有権そのものを商業ギルド長と交渉、【聖霊契約】を締結。

現在の私にはこれが精一杯だった。きっとアレンが本気を出せば桁があと2つは違っていたはず。

だからこそあれだけの娯楽品を譲り受けておいて、この程度しか稼げないのかお前は——と期待外れになってしまうことを恐れていた。

けれどアレンは私とノエルを労(ねぎら)うように何でも好きなものを買うと、全身汗まみれでそう言ってくれた。奴隷である私たちに。本来骨の髄までしゃぶりつくして搾取する存在に。

だから私は彼の悲願——飢饉をなくすために必要な人材を奴隷商から買うことにした。


【アレン】


ハーレム。

それは男ならば誰しもが憧れる楽園(シャングリラ)。俺の性別はオス。一匹のお猿さんだ。当然興味関心は尽きない。

いつか俺も——なんて夢見たことがないと言えば嘘になる。

でも……、

「エリーです」

「ティナです」

「レイです」

……美人エルフが次々と自己紹介し、頭を下げてくる。二十五人目が、

「アウラと申します。よろしくお願いしますわねご主人様」と優雅な礼をする。

いや、展開早すぎぃ！　人数多すぎぃ！

なんじゃこりゃぁぁぁぁ！

所狭しと並ぶ美人エルフたち。食っちゃ寝リバーシ修道院にようこそ！　とでも言えばいいのだろうか!?

というか、彼女たちの生活の保証ってご主人様である俺が負うのよね？　責任重大過ぎんぞ！

なにやってくれとんじゃワレ！

クワッと両目を見開き、顎をしゃくる——元凶であるシルフィに視線を向けると、

「ふふっ」

美人過ぎぃ！　お美し過ぎて微笑を浮かべただけで背景にお花咲いてんぞ！

いや、騙されるなアレン。これでようやくシルフィの正体が判明しただろう!?

色仕掛けのスペシャリスト、美人局だ！　俺の女に甘い性格に付け込みやがって……キミには失

望した！

ぐぬぬ……しかできない俺をよそにもうひとグループの自己紹介が始まる。

「カレン」「エマ」「アリア」……（無機質な瞳で淡々と告げてくるドワーフたち）。

さすがモノづくりにしか興味関心がないノエルが選んだ娘たちである。

見事に愛想がない。顔はめっちゃ可愛いのにもったいないよ。女の子はただでさえ可愛いのに笑顔なんて反則の武器を持っているんだよ？　有効に活用しなくちゃ。

シルフィみたいに女の武器を躊躇なく使ってくるしたたかさを少しは見習わなくちゃいけないよ。

「今日から村長ねアレン」

「期待してる」

奴隷商からエルフを二十五人買ってきたシルフィとドワーフを二十五人買ってきたノエルが俺に言う。

おのれシルフィ&ノエル……！

さてはエンシェント・エルフ&エルダー・ドワーフという希少性、カリスマ性を利用して彼女たちの上に立つつもりだな!?

養うより養われたいマンの俺に五十人の奴隷を押し付けるとは……一体どういう思考回路をしてやがる!?

シルフィから「真意をそろそろ聞かせてもらえるかしら」などと詰め寄られたことがあるが、俺の台詞じゃねえか！

俺は全く予想していない現状にこれからの生活をどうするか――買ってしまった以上、どうにかするしかない奴隷たちの生活をどう保証していくのか、思考の海を潜り始めていた。ＤＩＶＥ（ダイブ）！

現実に戻って来られなかったら思考の海でＤＩＥ（ダイ）――水死したと思ってくれな！

記憶の海を潜ると、どうしてこんなことになってしまったのか、その経緯と情景が浮かんでいた。

☆

遡ること、水商売で働く彼女を持つ恋人の気持ちを理解した場面。

俺が商業ギルドに駆けつけ「食べたいものや欲しいものはない？　何でも言っていいよ！」と声をかけた次の瞬間。

シルフィは薄ら涙を浮かべて、

「嬉しいわ」

泣くほど欲しかったものがあったんですかシルフィさん!?

急いで口座を確認。

そこには見たことのない0の数と振込日――今日の日付――が書かれていた。

なにこの大金！　まさかまた何かやっちゃいました!?　全く身に覚えがないんですけど！

頼りないご主人様に代わってシルフィたちが躰を売っているかもしれない不安や恐怖、全く想像していない通帳残高に対する動揺、クール系美人のシルフィが目尻に涙を浮かべてあたふた、という困惑トリプルパンチで正常な思考ができない。

とりあえず女の子の涙は絶対に消したいマンの俺は裏側守備表示の『ビッグ・シールド・マネーガードナー』をオープン。

資金力300万ドール！！！　女の涙を無効にする！！！

これを金の札束で黙らせる、と言います。クズい手段しか思い浮かばない自分に失望を隠しきれないが、藁をも摑む気持ちだ。

頼むビッグ・シールド・マネーガードナー！　シルフィの涙を消してくれ！

そう意気込んでいたら奴隷商を転々としていました。

えっ、なんでですか？　俺が聞きたいです。わかるやつがいたらここに来い。そして説明しろ。

「あの娘、その娘――それから最奥の娘全員買うわ。えっ、〇万ドール？　悪どい商売してるんじゃないわよ。彼女たち背中に大きな傷があるじゃない。だからこれぐらいの金額が妥当よ。それともこのまま売れ残りの在庫を残しておくつもり？」

なんとシルフィが百戦錬磨の奴隷商人を相手にふっかけ・交渉・値切りという高等話術を駆使して次々に奴隷を買い漁っていく。

かつて奴隷だった彼女は売れ残りの在庫、なんて言葉を本来使わない。これが本心じゃないことは見てわかる。

きっと奴隷商の立場になって考え、交渉人として徹する中でそういう表現がベストだと判断したのだろう。

さすがだ。カッコ良過ぎる。そこに痺れる、憧れるぅ！

けどそれ本当は俺の役目なんだわ。俺がキレた頭を使ってスマートにやることなんだわ。

美人で頭の回転も良くて、スタイル抜群でいい匂いがして、脚が長くて、商売上手。順応性抜群、農業チートもできて交渉も抜かりがないとか、キミ主人公やないか！

『エンシェント・エルフシルフィはうつむかない～Sylphy Wilts No More～』始まっとるやないか！　ちょっとご主人様に気を遣ってうつむいてよ！　俺に日の光浴びさせてよ！

まるで大きく育つ植物の葉の裏に咲いた雑草のように枯れていく気分である。

無自覚カンストチートはやめてくれ！　なんで異世界転生者の俺がその気持ちにならないといけないんだよ！　俺、言われる立場なんですけど!?

自重しろ！　頼むから自重すると言えシルフィ！　死ぬ、死んでしまうぞ……俺の存在感が！

「シルフィ、この娘は潜在力（ポテンシャル）がある。あの娘も磨けば才覚を発揮する。間違いない」

「わかったわノエル。その娘たちも引き取りましょう」

吸い込まれそうになる瞳の奥で奴隷の秘められたチカラを見抜いていくノエルたん。

キミたちさ……【鑑定紙】も確認せずに才覚や負傷、怪我を見抜くとかご主人様を立てる気あんの？

しかもノエルのそれは、まだ【羽化】してないやべーやつじゃねえか。

この世界にはスキルと呼ばれる才覚（才能とは別）がある。これには先天性、後天性のものがあり、上限に達するとそれが【鑑定紙】に記載される。

後天性のスキルは性別、年齢、血統、遺伝などから対象に備わるかどうかが決まる。

これを【羽化】というらしい。

これはいかなる魔眼、鑑定も見抜くことができず、商人をはじめ目利きの腕の見せどころとなる。

この分野で成功している者は間違いなく天性の勘、天才的な直感が備わっていることが多い。

もしも潜在力があるドワーフたちが後に覚醒すれば、ノエルはどの世界でも喉から手が出るほどの目利き職人ということになる。

はいはい鑑定チート乙。それも俺が本来するやつね。ホンマ勘弁してや。主人公役取らんといてや。霞むで——俺が。

これは冷静に戻れたときに知ったことなんだけど、シルフィとノエルは俺が発案した娯楽を売りさばき、ボロ儲（もう）けしていたらしい。

奴隷のお金はご主人様のポケットに入るというお約束が機能していたおかげで、結果的に得をすることにはなったわけだけど……キミたちには失望したよ。

人のアイデアでボロ儲けしてたとか、ネコババと一緒やで？

にゃんにゃんもさせてくれへんのに。

シルフィの嘘泣き（俺はそう結論づけることにした！　涙は女の武器だってアレン知ってる！　女の子を泣かすほど恋仲に発展したこと皆無だけど！　でも本で知ってる！）により、いつの間にか残高は100万ドールに。

つまり2億円ものお金で奴隷五十人を購入した計算になる。

あれ……ちょっと待って。

奴隷の生活ってご主人様が保証するっていうお約束が機能してたよね!?　いらん！　その責任いらん！　えっ、やっべぇ！

娯楽品の使用料（特許料？　それとも販売実績報酬？）がこれからいくら入ってくるかわからないけど、これ、ヤバいことになってるんじゃ……!?

☆

ボロボロブルブルブル――プハァァッ!!

思考の荒波に揉まれた俺は危うく地上へと復帰できずＤＩＥしてしまうところだった。

あっ、危ねえ……！　もうちょっと潜っていたら間違いなく逝(い)っちまってたぜ。きちぃぜ。

しかし、深く深く潜り込んだおかげで俺は妙案を思いついている。

娯楽品をネコババされて大金を稼ぎ出されたあげく、それで奴隷たちを買い占めるというど畜生展開にもかかわらずこの切り替え。惚れ惚れするぜ。

完璧な計画を脳内で整理しながらシルフィとノエルを俺の部屋に呼ぶ。

明鏡止水(めいきょうしすい)美人と無機質美少女の二人はどこか落ち着きがないように見える。

男の部屋に呼ばれたことに強い不安を感じているのだろうか。それとも「この部屋臭うわね」とか軽蔑されているのだろうか。

キミたち俺の奴隷ってこと忘れとんちゃうやろな。

俺がヘタレやからえちえち展開になってないけど、ヤリ男やったらパンパンやな!!

ええい、もういい！　俺さまの完璧な計画に酔いしれな！

「そんなに緊張しなくていいからさ。どこか適当なところに腰かけてリラックスしてくれる？」

「大丈夫よ」「このままでいい」

座れ言ってんだろうが！

襲われたら一秒でも早く出ていくために警戒しなくちゃ、ってか？　パンパンやぞ！

「わかった。疲れたら楽にしていいからね。まずは娯楽品のことだけど、よく頑張ったね。二人のご主人様として誇らしいよ。まさかあんな大金を稼ぐなんてね」

正直にいえばネコババしておきながらにゃんにゃんさせてくれないキミたちには失望している。

とはいえ、奴隷の成果はきちんと誉められる男だということをしっかりアピールしておかないと。器もアソコも小さいなんて思われるわけにはいかない。

さらに、俺は二人のご主人様であるという現実をもう一度刷り込ませる。

「大金は稼いだのだからそのお金で奴隷紋を解きなさい」なんて言われたらたまったもんじゃない。

この際えちえち展開は延長、という形で手を打とうじゃないか。諦めるわけにはいかないがな。

だから、しばらくは目の保養までにしよう。

むろん、俺には風呂、石鹼、マッサージ、アルコール、というボディタッチ計画もある。賢すぎて俺は自分が怖いよ。

「あなたから褒めてもらえる成果じゃないわ」

「同感」

また嫌味ですか!? なんでそんな謙遜するんですか！

俺なんて治療院で日当を稼ぐのが精一杯なのに、キミたち二人からすれば３００万ドール（３億円）なんて、はした金だって言うのかよ！

ナニミテルンディス!!

二人の見つめる視線に耐えられなくなった俺は、本題に入ることにした。

「これからの計画を伝えようと思うんだけどいい？」

「「……ごくり」」と生唾を飲み込む音が村長室に響く。だからなんで緊張した面持ちなんキミたち。リラックスしてよって言ってるじゃん。そんなにこの部屋から早く出たいわけ？ もうやだー。

「奴隷を買うときにかかった金額を各自の負債にして、返済したら奴隷紋を解除しようと思う。だから農業と商業にチカラを入れよう。奴隷たちからは労働力を提供してもらって、その労働力を商品に変換、お金にする。みんなに給金を支払って各々無理のない返済で負債を支払ってもらう。どうかな？」

名付けて『リストラ奴隷返済計画！』

奴隷のみんなには悪いけど、購入金額分だけの労働力は提供してもらって、返済と同時に奴隷紋（リストラ）解除。

奴隷たちは奴隷という身分から解放される、シルフィとノエルは資産を回収、俺はご主人様として五十人もの奴隷たちの生活保証義務から解き放たれる。

ぶはは！　ぶははははは！

伊達に思考の海で溺れかけたアレンさんではないわ！

奴隷が五十人購入されたとき、俺は前世の社長さんがいかに重荷をその肩に乗せているかを理解した。従業員にだって家族や恋人、養っていかなければいけない事情があるだろう。

社長は会社のために己の時間を提供してくれる従業員の生活を保証しなければならない。

無理ぃぃぃぃ！　俺には無理ぃぃぃぃぃ！

プレッシャーで胃に穴が開くわ！

だからこそ、ご主人様である俺、大金を稼ぎ出すシルフィとノエル、そして奴隷という三つの立場全てがＷＩＮＷＩＮになる計画を編み出した。これなら誰も文句は言うまい。

「まさか【再生】した彼女たちを（安い購入価格で）手放すつもり!?」

「考え直した方がいい」

二人は目を点にしていたかと思えば猛抗議の姿勢。

俺社長！　キミたち社員。俺が上。キミたち下。俺が上、キミたち下ァァ！

下は上の言うことに黙って従え！

ハッ、いかん。これではパワハラ会議ではないか。ぐぬぬ……どうやって説得したものか。

「あなたは飢饉をなくしたいのよね？　人手は必ず必要よ。この計画は理解しかねるわ」

俺は飢饉をなくしたいんじゃない！　エッチしたいだけ！

なんて声を張り上げることができたらどんなに楽だっただろうか。

おにょれシルフィ……！　痛いところを突いてきよる。

「できれば奴隷を奴隷として利用したくないんだ。逆らえない仲間じゃなくて志を共にできる戦友の方が心強いと思わない？　だから負債を返済して尚、一緒にいたいと思ってくれる人がいればそれでいいかなって」

一呼吸。

「計画の全貌はこう。ノエルとドワーフたちの錬金術で農具と肥料を錬成。自然に愛された種族、エルフの特性を利用して芋、麦、大豆の生産力を向上させる。そして秘策『料理』三本の柱で新商品を開発、商業ギルドを利用して資金を調達しよう。名付けてアレンミクス。どうかな？」

女の武器——涙を巧みに操るシルフィさんは俺の甘い性格に付け込み奴隷を爆買いした。

その勢い、まさしくインバウンド。そのうちご主人様であるアレンさんごと買い占められそうで怖い。冗談などではなく割と本気で。

シルフィの真意こそ不明だが、この俺に五十人もの奴隷の生活を保証する重圧は耐えられない。

押しつぶされてぺちゃんこである。そういうのは女の子のお尻だけでいい。

そもそもどうして俺の口座に３００万ドールもの大金が振り込まれていたのか。

シルフィ曰く、

「娯楽品の売上の１％がアレンの口座に振り込まれることになっているわ。だからまだしばらくは収入が期待できるわよ」

「近日中に商業ギルド金会員に昇格よ。これで商売はやり易くなると思うわ」とのことだった。

一体なにをどうやればわずか二週間で商業ギルドのトップ会員に上り詰めることができるのか。その才覚をちっとは譲りなさいな。

さらに吉報。

どうやら帝国皇帝は目新しいもの、未知のものに大変興味があるらしく、特許に近い制度（三年間は発明者の権利を保護する）も敷いているとか。

アレンミクスを聞いたシルフィさん、

「……はぁ。あなたには慣れてきたと思っていたけれど、さすがに呆れたわ。それじゃ私も好きなようにやらせてもらうから」

案の定、呆れ果てていた。

はぁーあ！　これでまたえちえちから遠のいちゃったじゃん。

ため息を吐きたいのは俺の方なんですけどー？

何気なくノエルを見る。

「シルフィと同じ感想」

無機質な瞳には俺の顔が映り込んでいた。

美人（美少女）奴隷たちとエッチする。ただそれだけでよかったんです……。

【シルフィ】

やっ、やってしまったわ……！
アレンの思考が遥か先にあることを認められず、混乱してしまった。
恩人に向かって呆れたなんて……ううっ、失望されたかしら!?
でっ、でもアレンも戦友が欲しいと言っていたし、物言う奴隷でもいいわよね？
――できれば奴隷を奴隷として利用したくないんだ、ね。
私は少しずつ冷えてきた頭で彼の言葉を反芻する。
私のご主人様は飢饉をなくしたいなんて大それた願いを抱く人だもの。
性格や言動から考えれば、奴隷制度を好ましく思っていないことは想像に難くない。
これは完全に私の勇み足。早計だわ。
とはいえ――。
私とノエルが買った奴隷たちはかつて私たちと同じように身体に欠陥があった娘たち。
活躍の未来を無慈悲にも奪われてしまった女の子ばかり。
だからこそアレンの慈悲に彼女たちは感謝と疑心を抱いている。
お金も身体も才覚も求めないなんて無欲にもほどがあるわよ。
だいたい、彼女たちに付けられていた価格は損傷や欠陥を含めたもの。
負債は購入にかかったお金だけでいいなんてどれだけお人好しなのよ。

普段はぽけ〜と呆けている（ように見せている）くせにいざとなったら隠している【再生】を惜しみなく発動するなんて——そんな光景を見せられちゃったら……カッ、カッコいいって思っちゃうのも当然じゃない！

だから私が呆れてしまったのは仕方がないこと。これぱかりはアレンが悪いわ。

これからは彼のことをちゃんと監視しておく必要がありそうね。無自覚に女をたらしていくタチの悪い災害みたいだもの。

奴隷商からやってきたエルフ——二十五人を集めてアレンの決定を説明する。

すると案の定、

「あのシルフィさん……恩人であるご主人様を疑うようなことはしたくないんですが、私たちには美味し過ぎてにわかには信じられないんですけど」

ほらね。やっぱりこうなるじゃない。半信半疑になって当然だわ。

一体どこの世界に奴隷を解放するために労働対価に給金を与えるご主人様がいるのよ。

「ごめんなさい。これがアレンという人なの。悪いけれど早く慣れてもらえると助かるわ」

余談だけれど新しく迎え入れることになったエルフを束ねるのは私で、ドワーフたちはノエルに、というのがアレンのお達しだった。

私が最上位かつ希少種であるエンシェント・エルフであることに気がついた彼女たちが様付けで呼んでくるのを急いで制止、さん付けさせる。

なにせアレンがみんなの【再生】後に「俺のことはアレンって呼び捨てで。最初は難しいかもしれないけど、フランクに接してくれる方が嬉しいな。できるかぎり相談やアフターフォローもしていくつもりだから、その……ね？」なんて言っているのに私だけ様付けさせるわけにはいかないでしょ。

……はぁ。これが頭痛が痛いというやつかしら。

「シルフィ様……いえ、親しみを込めてシルフィとお呼びしても？」

私と同い年でエルフの上位種、ハイ・エルフのアウラが聞いてくる。

彼女には私の補佐をお願いしようと思っていたから、向こうから踏み込んでくれるのはありがたかった。

もちろん返答はイエス。

「お話を整理しますと、わたくしたちはアレン様にご奉仕——つまり躰を差し出さなくてもいい。そういうことですの？」

「ええ。そうよ」

即答する私に集まったエルフたちから安堵の声が漏れる。信じられないのも無理はない。

私たちの種族は男女ともに容姿が整っている。だからこそ健康な状態であれば貴族しか手の出せないような大金で取引されることもしばしば。

【再生】後は遜色ないわけだから、男ならば当然そういう欲求が湧いてもおかしくない。

これに対していい迷惑だと思うのと同時に己たちが美の象徴であることを認識し、矜持がくすぐられるという矛盾した感情を抱いてしまう生物。

つまり、ご主人様とはいえ、見知らぬ男に肌を許さなくていいという安心感と性奉仕をさせるほどの魅力に欠けているのではないか——エルフとして屈辱を感じてしまう相反した気持ちになっている、といったところかしら。

だからこそここにいるエルフたちはどよめいている。

「もしかして女性に興味がおありでない？」

「それはない——とは思うわ。たまにだけれどその、胸やお尻、脚に視線を感じることもあるから」

アレンは基本的に私たちの目を見据えて話すことがほとんど。

ただ対局時の前屈みになったときに、チラッと視線を感じることはある。

むしろつかみどころのない言動のギャップが可愛くて、いけないとは思いながらもわざと前傾になったりもする。

あまり褒められた趣味ではないことは重々承知しているのだけれど。

もし一言「見せて」と頼まれたら——。

現在の私なら奴隷とか命令関係なく見られてもいいと思ってしまっているのは事実よ。恥ずかしいけど。

「信じられないことや納得できないことはたくさんあると思うけれど、ご主人様——いや、アレンは無意味に他人を傷つける人じゃないの。それはエンシェント・エルフとして、聖樹に誓うわ。だからみんなも騙されたと思ってついてきてちょうだい」

「もちろんですわ」

【アレン】

女神「女神界で『絶対こいつには異世界転生したくないランキング』1位です！　おめでとうございます！　どんどんぱふぱふ～♪」

ぶっ〇す（ビー）ぞ！

アレンです。シルフィの突き上げにより強制的に村長させられることになりました。

都合の良い操り人形、傀儡に近づいているような気がしてなりません。

パワハラでストレスが積もった俺は女の子の柔肌に癒やされる権利があるのではなかろうか。いいや、ある！

しかし俺は変態ドスケベでありながらムッツリドスケベという一面もあるわけで。

面と向かって「揉み揉み！」とは言いづらい。

全身に黄金比が適用されているシルフィと違ってアウラはグラビアモデル顔負けのスタイル。いや、むしろ勝っているレベルだ。

シルフィを美乳美人と表現すればアウラは巨乳美人。

その豊かな双嬢の女神に埋もれたい、いや埋もれパイと考えてしまっても無理はない。

そこで俺は新入り奴隷との親交を深めるという名目でアウラと対局することを決意する。

切り出すタイミングを見計らっていたときのことだ。

相変わらず芋畑を耕すこと以外能のない俺にアウラは、

「お可愛いこと」

なんと嘲笑を浮かべて煽ってきた。

こいちゅ……！

美月ちゃんから「お兄ちゃんって将来、すぐキレる老人になりそうだよね。でも私が介護してあげる。真冬の商店街に放置してあげるから安心してね」と言われたことのある俺は怒りを表に出すようなことはしない。

というか、美月ちゃん！　当時はなんて優しい妹なんだろう、なんて思ったけど、後半ただの虐待じゃねえか！

そんなわけでぐいぐいアウラに近づいていく。

このときの俺は本気。マジである。おっぱいやお尻、脚から視線を引き剝がしアウラの目をしっかりと見据える。

くそっ……！　見たい！　本当は見たい！　男を惑わせずにはいられない凹凸のあるアウラを視姦したい。だが、我慢だアレン。

いずれ奴隷紋解除するつもりの奴隷とはいえ、俺は村長。立場的には社長である。

女性の噂が伝達するスピードは相対性理論を凌駕すると聞く。

休憩中に「もうマジ最悪。セクハラ社長にめっちゃ脚見られてさあ」「うっそ。キモーい！」などと盛り上がらせるわけにはいかない。これからマジマジと凝視するのはやめよう。

とはいえ、だ。俺もお猿さんなのである。たわわに実った果実があるなら収穫して楽しみたい。

ではどうするか。みなさんお分かりだろう。そう。罰ゲームを利用する。

「リバーシで勝負だアウラ！」

これを付ける薬がないと言います。

☆

「……一色に染まった場合はわたくしの勝利でいいんですのよね？」

「チェックメイトですわ」

「もう詰んでおりますわよアレン様」

「え？　繊細な風で一片を抜き取るのは卑怯？　ジェンガをなんだと思ってるんだ、ですの？」

なぜだ!?　まさか俺はタイムリープしてきたのか!?　この既視感（デジャブ）はなんだ！

案の定、返り討ちにあった俺はアウラに命令権を譲渡するだけの悲惨な結果に終わっていた。完パイ、いや完敗。

「俺はまだ本気出してない」

小物！　圧倒的小物感！！！！

なんたる器の小せえ男だ！　お願いだ女神様！　俺に大きな度胸とイチモツをください!!

忖度のその字も知らないアウラに若干の不満が募るものの、それどころじゃない。

逃げなければ……!! 一秒でも早くこの場を去らなければ!

勝者は敗者に一つだけ好きなことを命令できる? ワシ聞いてへん!

会社や役所の幹部がやたらと抜く宝刀「ワシ聞いてへん」を今こそ発動するときだ。

俺は自分の両目が潤んでいることを自覚しながら、シルフィママに泣きつくことにした。

なーにが、

「アウラの実力が知りたいから本気でお願い」やねん。おもいっきり振りになってやがる。もはやピエロじゃねえか!

撤退! 撤退だ! パイパイ! 間違えたバイバイ!!

「シルフィ! シルフィ!!!! アウラが俺のことイジメる! ご主人様に全然花を持たせてくれない! 俺の代わりに叱っといて」

アウラを含め新入り奴隷の躾がなっていないと感じた俺は部下(あえてこの表現を使用)であるシルフィを呼びつける。

新人教育を言い渡してあったのだから、先輩エルフであるシルフィさんの管理不足でもあるわけで。

俺は嫌な感じが出ないように細心の注意を払いつつ、けれどもプリプリお怒りになっていますよ感を出す。

でも捨てられたくはないからあとできちんと労おうと思う。『料理チート』で褒美を出そう。これを飴と鞭と言います。

後のことを任せて去ろうとした次の瞬間。

俺はアウラの次の言葉を一生忘れることはないと思う。

「お可愛いこと」

クソが！


【アウラ】


ごきげんよう。アウラですわ。

100万年に1人のエンシェント・エルフ――シルフィのせいで影が薄くなっていますけれど、こう見えてもわたくしエリートだったんですのよ？

ハイ・エルフは魔法式の構築や魔力の感知に優れた種族。

奴隷に堕ちるまでは憧憬と畏怖を覚えさせたものですわ。

ですが、それもわたくしが不治の病にかかるまでのお話。

魔法の根幹を司る心臓に致命的な欠陥が見つかってからというもの、驚くほどの速度で転落しましたわ。

気がつけばわたくしの価値はエルフ自慢の美貌と子宮。

娼館か性奴隷しか残されていないことを悟ったわたくしは肌を火魔法であぶり、自ら全身火傷を負いましたの。

これは本当に苦渋の選択でしたわ。わたくしは自他共に認めるナルシスト。自分が大好きでしたから。

美を手放すのは文字通り地獄。けれども搾り尽くされる現実と天秤にかけたとき、わたくしは畜生の——奴隷商人の負債となり、大いに悔しがらせることを選びましたわ。

豚小屋のような檻の中で絶望しながら、死を待つ人生。

そこに彼らは現れましたの。そうアレン様とシルフィですわ。

前者はその……とても独特な感性の持ち主で、誤解を恐れずに言えば……変人？

彼は【再生】という神に近いチカラを持っておきながら、その真価に気づいていないような——いえ、シルフィから聞いた話によりますと、誰よりもそのチカラの偉大さに気づいているからこそ馬鹿を装っているとのことでしたが——言動。

いずれにしても、憎かった火傷とそうするしかなかった運命——心臓の致命的な欠陥。それはたった一瞬で完治。

奴隷にこそ堕ちたものの、わたくしは再び大好きだった自分に戻ることができましたの。

不特定多数の男性と肌を重ねるぐらいならばと火魔法で自ら醜くなることを選びましたわ。

ですが、わたくしの身に起きた奇跡はこれまで信じていなかった神に感謝を捧げたいほどのものでしてよ？

ですからご主人様となったアレン様だけには躰を赦してもよいと思っておりましたの。

そう思っていた矢先のこと。

「……はい？」

わたくしは相手が希少種であるエンシェント・エルフであることも忘れて呆けた顔をしてしまっていたと思いますわ。

奴隷たちに労働対価を支払う？

それで負債（アレン様が支払ったお金）を返済？　完済したら奴隷紋を解いてもいい？

はい？　はいいいいいい？

全くの意味のわからない、真意を読めない決定に品行方正のエルフたちは皆、驚きと疑いを隠しきれない様子。

事実、

「あのシルフィさん……恩人であるご主人様を疑うようなことはしたくないんですが、私たちには美味しすぎてにわかには信じられないんですけど」

わたくしと同じように修道院にやってきたエルフの一人が信じられないとばかりに聞いていましたもの。

もしかして何か裏があるのでは。警戒心をグッと引き上げ、シルフィを観察。

彼女はエルフの最上位かつ希少種であるエンシェント・エルフ。同族を騙すような存在でないことは理解しているつもりですの。

ですが、それでもこの話は美味しすぎますわ。

わたくしたちは皆何かしらの怪我や欠陥により市場価格の何十倍も安い金額で取引されていた存在。

当然、アレン様の【再生】後ではその価値の差は雲泥ですわ。それはご主人様はもちろん、猿でもわかること。

中には『発動不可』や『無効』だった才覚の持ち主が『発動可』や『有効』になった奴隷もいることは想像に難くありませんわね。

奴隷商人から【鑑定紙】を引き取ったご主人様がその現実を知らないはずはないですし。

「ごめんなさい。これがアレンという人なの。悪いけれど早く慣れてもらえると助かるわ」

額に手を置くシルフィは演技には見えず、本当に頭痛に苦しんでいるかのように見えましたわ。

この決定に一番理解に苦しんでいるのは私なのよ、とでも言いたげですわね。

まるで奇才の上司に振り回されている鬼才の部下、とでも言えばいいのかしら。そんな哀愁をシルフィから感じ取れますわ。

それとシルフィから様付け禁止のお達し。

アレン様が「俺のことはアレンって呼び捨てで。最初は難しいかもしれないけど、フランクに接してくれる方が嬉しいな。できるかぎり相談やアフターフォローもしていくつもりだから、その……ね？」とおっしゃられていた手前、彼の奴隷であるシルフィが様付けで呼ばれるわけにはいかないのでしょう。

疑り深いわたくしですが、なんと奴隷紋解除の条件はすでに【聖霊契約】済みであることがシルフィから説明されましたわ。

こうなるとさすがのわたくしも現実を受け入れざるを得ないですの。

【聖霊契約】は絶対遵守。聖霊の強制力はエルフであるわたくしたちがどの種族より把握していますわ。

つまり、これ以上疑うのであれば、アレン様にとって引き取った奴隷が奴隷でなくなる方が都合が良い何かがあるということ。

…………そんなの思い浮かぶわけがありませんわよ。一体どういう思考回路をされているんですの。

ごくり。

もしかしたらわたくしのご主人様は本物のバカ、もしくは遥か高み、決して手の届かない殿方なのでは？

好奇心旺盛であるエルフの血が騒ぎましたわ。

エルフという種族は矜持と見栄の塊。

女なら誰でもいいような下賤の言動は一切受けつけない代わりに、好感を抱いた殿方から興味を示されないと、燃え上がってしまう種族。

もしもこれがエルフであるわたくしたちを落とすための計算なのでしたら、なかなかの恋愛プレイヤー。相当の手練れであることは間違いありませんわ。きっとこれまで星の数ほど女性を泣かせてきた殿方ですわ。

早くもアレン様の掌で踊らされていることを自覚しながらも大切なことを確認するわたくし。

「お話を整理しますと、わたくしたちはアレン様にご奉仕——つまり躰を差し出さなくてもいい。そういうことですの？」

「ええ。そうよ」

ざわめき。

殿方がエルフを奴隷にしておきながら性奉仕させるつもりがない。そんな話信じられるわけがありませんわ。

「もしかして女性に興味がおありでない？」

「それはない——とは思うわ。たまにだけれどその、胸やお尻、脚に視線を感じることもあるから」

わたくしから見ても美人——美の女神の生まれ変わりと言われても信じてしまいそうになるシルフィの表情に一瞬女(メス)がチラついたのをわたくしは見逃しませんでしたわ。

あら。あらあらあら。なんですのその唆(そそ)る表情は。わたくし綺麗な女性や可愛い少女にも目がありませんでしてよ？

シルフィにとってアレン様は恋慕とは言わないまでも気になる異性になっていることは間違いなさそうですわね。

なんでも器用にやってしまいそうなエンシェント・エルフが一人の男に振り回されている現実。

……………燃えるシチュエーションですの。濡(ぬ)れますわね。

☆

シルフィからいくつかの指示と注意を聞き終えると、アレン様がトチ狂ったように鍬で畑を耕しておりましたわ。

チラチラと、「こんなこともできるんだよ！　褒めてー！」とでも言いたげにシルフィへ視線を送る姿はなんというか……、

「お可愛いこと」

主人であることも忘れてしまったわたくしはつい、アレン様に聞こえるように口にしてしまっていましたの。

負債を返済すれば奴隷から解放されることが【聖霊契約】済みとはいえ、わたくしはまだ彼の命令には背けない身。

機嫌を損なわせることは御法度。

アレン様はわたくしの言葉が耳に入ったのでしょう。あれだけ狂ったように振っていた鍬を止めて、こちらにズンズン歩み寄って来ます。

おっ、怒られてしまうんですの……。

彼がわたくしの前までやってきましたわ。

ナルシストのわたくしが逸らしてしまいそうになるほど真っ直ぐ私の目を見据えていますの。

あら？　胸やお尻に視線を感じませんわね。

まっ、まさかわたくしのことなど眼中にもないと？

そっ、それはさすがにあんまりですわ。

たしかに紳士的な対応ではありますの。感謝と尊敬は示しますわ。ですが女としてこのまま引き下がるわけにはいきませんわよ。

「リバーシで勝負だアウラ！」

……えっ、あの、ちょっ、はい？

☆

どうやら帝都で流行っている娯楽品（アレン様が発案。ノエルちゃんが開発。シルフィが発売という、ちょっと羨ましくなる連携ですわね）でわたくしと対戦なさりたいとのこと。

わたくしは初めて見るそれに好奇心を刺激されながらもしっかりとルールを頭に叩き込んでいきます。

凄いですわ。単純なのに奥深い。ルールを聞くだけでも数十種類の戦略や盤石が次々に思い浮かびますもの。

こんな楽しいゲームを発案、けれども開発と発売は全て奴隷であるノエルとシルフィちゃんに一任する采配力。

それでいて普段の佇まいからは決して一流を感じさせないド三流の雰囲気！

こっ、これはまさか——遥か高み、決して手の届かない存在ですの？

ちょうど良い機会ですわ。アレン様がどういった殿方なのか、全然把握できないんですもの。

わたくしが直接見極めて差し上げますわ。

えっ、勝った方は敗者に一つだけ命令できる？

ふふっ、やはりなんだかんだ言ってアレン様も男性ですのね。わたくしに何をさせるおつもりで？

☆

「……一色に染まった場合はわたくしの勝利でいいんですのよね？」

「チェックメイトですわ」

「もう詰んでおりますわよアレン様」

「え？　繊細な風で一片を抜き取るのは卑怯？　ジェンガをなんだと思ってるんだ、ですの？」

結論から申し上げますとアレン様は娯楽品の発案者とは思えないほどの実力。幼児以下、いえそれでは幼児に失礼、猿以下、いえそれもお猿さんに失礼ですの——というレベルでしたわ。

えっ？「俺はまだ本気出してない」？

そうおっしゃられている割には目が潤んでいらっしゃってよ？

対局前の「アウラの実力が知りたいから本気でお願い」と注文されたわたくしは言われた通り全

力でお相手することとなりましたの。

結果、完勝。完膚なきまでの快勝でしたわ。

うるうると今にも泣き出してしまいそうなアレン様を見て、もしかして何か失態を犯してしまったのではないかと心配ですわ。

もっ、もしかして忖度⁉　忖度をして欲しいってことでしたの⁉

「シルフィ！　シルフィ！！！　アウラが俺のことイジメる！　ご主人様に全然花を持たせてくれない！　俺の代わりに叱っといて」

思わず子どもですか⁉　とツッコミたくなる去り際の台詞に、ついつい微笑ましくて「お可愛いこと」と口が滑ってしまいますの。

それを聞いたアレン様は逃げるように去っていきます。

さーて、何を命令して差し上げましょうか。わたくしは奴隷という身でありながら気分が高揚していることを自覚します。

騒ぎを聞きつけたシルフィはわたくしを見下ろしながら、衝撃的な発言をしましたの。

「アウラ。あ、な、た、見、事、に、落、と、さ、れ、て、い、る、わ、よ」

シルフィからそう言われ、自分が浮ついていることをはっきりと自覚しましたわ。

遊んであげている気分でありながら、遊ばれていたのは自分だと、ようやく気がつきました。

なにせ、対局を終えた現在、アレン様に対する警戒心は自分でも驚くほど低いものに――いえ、なくなっていると言っても過言じゃありませんでしたから。

見事に落とされている。シルフィの言わんとしていることを理解したわたくしの額から一筋の汗が滑り落ちましたわ。

「…………恐ろしい方、ですわね。計り取る、なんて烏滸がましくなるほどですわ」

「ええ。全く。私はアレンの所有物だから、こんなことを言う資格がないのは百も承知ではあるのだけれど――」

「――いえ、聞かせてくださいませ」

「あまり軽い気持ちで彼に近づくと今度は火傷程度じゃ済まないかもしれないわよ。気持ちは理解しているつもりだけれど、いつだって惚れた方の負けよ。それはエルフである私たちが一番良く知っていることでしょう？」

まるで全てお見通しと言わんばかりの瞳。

アレン様という異物。

そしてその側近、彼の一番近い先で支えられる天才はシルフィ以外にいない。

そう本能が理解した瞬間でしたわ。

【アレン】

後日談。

俺とアウラの歴史的な一局は瞬く間に新入り奴隷たちに広まっていた。

女性の噂好きを垣間見た瞬間である。寡黙で無機質なドワーフでさえも浮き足立っていた。

さすがは好奇心旺盛のエルフと未知なるモノに興奮を禁じ得ないドワーフ。

拡散される噂を新聞の見出し風に言えば、

『娯楽品発案者アレン。アウラにサンドバッグ』

である。

もう一度聞かせて欲しい。俺の異世界英雄譚どこ行ったん？　これじゃ異世界ピエロ！

だが、ここで発想の転換をできるのが俺の長所である。

俺は村長であることを利用して『遊べ！　みんな遊ぶのだ！』を発令。村長第一号命令である。

リバーシ、チェス、将棋、囲碁、ジェンガをエルフ＆ドワーフたちに解禁し、好きに興じてもいいことにした。

もちろんご主人様の許可も不要。さらに長時間労働の禁止を徹底する。

こう聞けばずいぶんとホワイト村長かと思われるだろうが、むろん俺のためである。

無責任だと罵られることになるだろうが、これは万が一の保険である。

もしも財政破綻した際「食っちゃ寝リバーシしてたの俺だけじゃないもん！　奴隷のみんなも全然働いてなかったんじゃん！　だから俺を責めるのいくない！」と政治家お得意の責任逃れだ。

初対局でルールを熟知しているような俺を叩きのめすことができる頭脳の持ち主たちだ。きっとのめり込むに違いないと踏んでいた。

どうやらこの世界には本当に娯楽が少ないようだし、社員の福利厚生を充実させるのは社長である俺の役目。だから俺悪くない。

ちなみにこの解禁によりオセロ選手権、棋戦、チェス選手権——すなわちプロが誕生するのはそんなに遠い話ではなく、そしてまた別のお話だ。

さて、俺のお達しに動いたのはシルフィ、アウラ、ノエルである。

なんと村長との親睦を深めるという名目で奴隷たちが次々に対局を挑んでくる。

結論から言えば逆五十人切り——という、かつてない拷問が始まった。

気遣い不要。村長との距離を縮めようと開催されたのだが、もはやただのイジメである。

シルフィ、アウラ、ノエルとエルフ&ドワーフの知能指数が高いことはもはや分かりきったこと。

忖度なしで繰り広げられるその光景はもはや可哀想の域を超えていたと思う。

将棋は文字通り裸の王様状態、リバーシはほとんど一色に染められ、ジェンガは誰一人倒さないという。

アウラの躾がなってないと八つ当たりされたシルフィの復讐がエグ過ぎる。彼女を怒らせてはならないとそう心に誓った。

とはいえ、このご主人様フルボッコ娯楽事件は思わぬ好作用をもたらしてくれたのである。

「あっ、村長！」

「おはようご——いえ、こんにちは村長さん。今日はお早いんですね♪」

「村長様、村長様、ぜひ私とこのあと対局してくださいな」

とエルフのみなさん。

さらに、

「ダメ。今日は村長からお話を聞く」

「私も聞きたい」

「私も」

ドワーフにとって前世の記憶を持つ俺は知識の宝庫とも言える存在らしく、引っ張りだこである。

先日は魔法を発動しなくても空を飛ぶことができる講義で大盛り上がりだった。天にも昇る気持ち良さである。楽ちぃ。

もちろんこのときの俺は何千年と積み重ねてきた人類の叡智をたった数年で再現されることなど夢にも思っていない。口は災いの元である。

ごほん。閑話休題。

シルフィの拷問により俺は親しみ易いと認識されたおかげで奴隷たちとの距離がグッと近づいたのである。

村長弱すぎワロタ、みたいな感じで盛り上がったとかだろうか。それはそれで複雑だ。

しかし、美人（美少女）との距離が近いというのは役得以外の何ものでもない。

気軽に部屋に招待してくれるし（ドワーフたちの錬金術により竹筋コンクリートによるワンルームが人数分できている）なにより目の保養になる。いい匂いもするし、最高である。

痛みに耐えてよく頑張った！　感動した！

よもや逆五十人切りなどと血も涙もない拷問の裏にこんな狙いが隠されていたとは……！

感動した俺は素直に、

「すごいよシルフィ!!　ありがとう!!」

と感謝を伝えたところ、

「(アレンならこの程度の人望）当然よ」

と口の端を吊り上げていた。

しゅごい……！　カッコ良すぎる！　もう抱いてシルフィさん!!

ちなみに現在はお昼である。これで文句を言われないどころかお早いと言われるのだから『遊べ！　みんな遊ぶのだ！』発令は成功したと言ってもいいだろう。

全く想像していなかった集団生活は思っていたより悪くない。快適。楽しすぎる。

だが、人数が増えたことで不満もあるわけで。

そう。俺の奴隷たちが全然自重しないことである。たとえばあれ見てみ？

「【無限樹系図】――描出」

はい。もうすごいやつ。聞いたらわかる。すごいやつやん。

シルフィが神秘的な光に包まれたかと思いきや、それに呼応するようにアウラが輝き出す。

現在は合掌で集中しているシルフィさんから事前に聞いた話によりますと植物を自在に操ることができる木魔法（以下、略して【木】）は【風】の進化属性とのこと。

選ばれし者しか発動できないらしい。

しかしシルフィの固有スキル【無限樹】は風に愛された種族であれば【木】を発動させることができるらしい。

「俺は？　ねえ俺は？」と聞いたところ「アレンは無理よ」との返答。

ええ、まあわかっていましたとも。俺は【火】【水】【風】【金】【土】全て発動できませんから。

風どころか魔法と運命に愛されていませんから……辛い。

さらに【無限樹】のすごいところは書いた字の通り、無限に系図を引くことができること。

今回新しく加わったエルフ奴隷の中でも頭三つほど抜けているアウラが選ばれ、彼女に系図が敷かれていく。

アウラもまた目利きしたエルフに【無限樹系図】――描出することができるらしい。

さらにシルフィの意志一つで系図の取り消し、無効化も可能という。

俺はもう彼女には張り合わないことにした。勝てない。もうどうやったって勝てない。まずい。

このままどんどんシルフィが強くなっていく。いつの日か押し倒せる日が来るのだろうか。

いざとなったら大樹の猛撃を【再生】一本による進撃で対抗しよう。男の子のえっちしたい欲望を舐めてはいけないよ。

続いてノエルたちドワーフたちの出番である。彼女たちは俺が一生懸命土を掘り返したところに肥料を撒いたあと、

「「「【浸透】」」」

土魔法を一斉に発動する。

ドワーフ自慢の肥料に含まれた栄養を土壌に行き渡らせる魔法とのこと。

発掘を得意とする種族である彼女たちは【土】はお手の物らしい。

ただし、【金】を扱う発明の方がやりがいがあると言っていた。モノづくりをさせろということだろう。

【土】は地下水を土壌に引き上げることができるため、準備万端。

俺が硬い土を無限【再生】で掘り起こし、鍬で耕し、ノエルたちが肥料を投入。栄養を吸収し、魔法の圧力を利用して地下水を引き上げ、種を植える。

ここで印相を結んだシルフィとアウラが、

「「木魔法【発成実(はっせいじつ)】！」」

発芽、成長、結実からそれぞれ一文字取った発成実は俺命名である。

シルフィから一緒に魔法名を考えて欲しいと頼まれた俺は中二心(ちゅうにごころ)を完全に掌握されていたようである。

なんというか命名したものを真剣な声音で発せられるとむずむずする。

余談だが、植物の成長を促すことができる魔法が存在するなら農業知識は不要ではないかと思うことだろう。

事実俺はシルフィから「要らない子」宣告を受けるのではないかと内心ビクビクしていた。しかし、どうやら俺の知識は大いに役に立つとのことだった。

コストパフォーマンス面が圧倒的に良いとのことである。

瘦せた土地で植物の成長を促進させた場合、その分魔力を消耗する（※ただし、これは穀物など食用の植物に限る話で、攻撃用の木を生やすだけなら何の問題もないらしい）。

さらに穀物の場合、土壌の栄養や水分が味に直結するため、環境が整備されているところで【発成実】を発動する方が圧倒的に効率が良いらしい。

現代知識が活きると聞いてアレン一安心。

【発成実】の素晴らしいところは時間のスキップと本来の農業では難しい異なる植物を同時に結実させられる点だ。

集中することで植物の栄養を自在にコントロールすることができるため、雑草や虫、病原菌の影響を受けることなく収穫にありつけるというチートっぷり。

もはや俺にできるのは神経と魔力を消費した彼女たちを労い、マッサージすることだけなのだが、【再生】持ちということで柔肌に触れることさえできないという……辛い。

早送りしたようにグングンと小麦が育っていく光景はここが異世界なんだなと思い知らされる。

せめて収穫ぐらいは役に立たせてくだせえ、そう思っていたのだが。

「アレン様はお休みになっていてください」

「収穫と後処理はお任せ」

「見ていてくださいな村長様」

俺の唯一活躍できる場面でしゃしゃり出てきたのはエルフのみなさん。おめえの席ねぇから！

と言われている気分である。

「「「――風よ」」」

まだなんも言ってへんのに詠唱始めよったでこいつら!?　搾取や！　村長の出番を根こそぎ掻っ攫う気やでこいつら！

さすがは風に愛されたエルフ。

ジェンガでも一片を繊細に抜き取ることができる彼女たちは【風刃】で刈り取り、くだく・ひく・ふるうという手順を風圧や風力を自在に操作し、手を汚さずやってのける。

褒めてください、と言わんばかりのドヤ顔。ちっ、チミたちというやつは……キチィぜ。

しかし、ここで拗ねて帰ってはリストラ後の反撃が恐ろしい。

「すごいよみんな!!」

「「「えへへ」」」

可愛い＆お美しい。まあ、いい。女の子の笑顔は決してお金で買えるものじゃない。

それに笑っていられるのも今のうち。

くくく……俺が何の秘策も用意せぬまま、シルフィやアウラ、ノエル、奴隷たちに農業チートをさせるわけがなかろう！

次回、アレン調理チートで死す☆　デュエルスタンバイ！！！！

【シルフィ】

アレンは娯楽品により驚異的なスピードで奴隷たちと打ち解けたわ。

対局することでアウラの警戒心を解いた手腕は本物だったということかしら。

さらに「娯楽で好きなだけ遊んでいいよ。できれば誰か相手して欲しいな」と積極的に交流。

ご主人様であるアレン自ら行動で示すことで奴隷たちも修道院が快適だと認識するのに時間はかからなかった。

アレン——村長の魅力は瞬く間に伝播した。

命令も強要もしない。最低限の労働を果たせば、自由にしてもいい。許可なく娯楽に興じることもできる。

人望を集めないわけがない。

だからこそ彼女たちは定住したい意思を行動で示すようになったわ。

「「「【浸透】」」」

「アレン様はお休みになっていてください」

「収穫と後処理はお任せ」

「見ていてくださいな村長様」

「「「――風よ」」」

エルフとドワーフが率先して魔法を発動。村長であるアレンに己を売り込んでいく。

私たちも役に立ちたい。活躍を見て欲しい。褒められたい、と。

ドワーフは肥料の錬成、土魔法による栄養の補給、エルフは風魔法で小麦をくだく・ひく・ふるう。

「村長さんの手を煩わせません！」と露骨なアピール。

この様子だと私もうかうかしていられないわね。アレンに失望されないように全力を尽くさないと。【無限樹系図】――【描出】！

「すごいよみんな!!」

「「「えへへ」」」

目の前には微笑ましい光景が広がっていた。優しい世界、なんて言葉がよぎる。

これがアレンの望む世界、その縮小図なのかもしれない。

彼は奴隷を奴隷として利用したくないと言ったわ。負債返済後は残ってくれた人と志を共にしたい、と。

格安とも言える負債を返済し、奴隷紋が解かれた環境でエルフやドワーフが残ってくれるか心配だったけれど。

どうやら杞憂に終わりそうね。

この様子だとアレンの理想を聞いてもチカラを貸してくれそうだもの。

【アレン】


「ぶえっくしゅん」

「あら風邪ですのアレン様」

「無理しなくていいのよ？」

「体調が悪いなら休むべき」

小麦粉が鼻腔（びこう）を刺激した俺は盛大にくしゃみをしてしまう。

いやいや俺は【再生】持ちですよみなさん。これしきのことで休むわけないじゃないですか。

ご主人様から農業チートと産業チート、活躍の場を奪っておいて「お前病弱なんだから休んどけよ雑魚」だって？

いやまあ、普通に心配してくれただけってことはわかってるんだけど。

だが、今回ばかりは絶対に引くつもりはない。なぜならこれから始めるのは唯一俺に残された料理チートだからである。

よもやそれすらも瞬く間に奪われることなど知るよしもない俺は嬉々として話す。

「大丈夫。それじゃ始めようか。今夜私がいただくのはパンとポテトチップスだ」

「「「？」」」

「アレン。今はお昼よ」

すみません。言いたかっただけなんです。「昼と夜の区別もつかないの？　バカね」みたいな顔を向けないで。

「それじゃみんなお願いした手順でお願いね」

「わかったわ」「承知しましたわ」「了解」

というわけでクッキングスタート。

ぶははは！　娯楽品でえちえち展開を逃した俺ではあるが、今度は抜かりない。

胃袋をがっしり摑み、俺から離れたくても離れられない躰にしてやるぞシルフィ！

美味しい食事にありつきたかったらまずは俺のウインナーを頰張ってからにしてもらおうか。仁王立ちでそう告げてやるのだ。

覚悟しておくがいい！　どぅふ！

「シルフィ、アレン様が変なお顔をされておりますわよ」

「気にしなくていいわ」「いつものこと」

気にするわ！　流れるようにディスりおって。これでも前世では美月ちゃんから「お兄ちゃんの顔面は――うーんと……変！」と言われたことがあるんだぞ!?

いや、変なんかい！

シルフィには悪いけど、煮豆やいり豆、ただの芋とかもう飽きちゃったんだよね。

施しを受けている立場で贅沢言ってんじゃねえよ、ってツッコまれそうだから口にしないけど。

風の操作が抜群のエルフは料理でもその真価を発揮。

まず大豆を風圧で圧搾。油を搾り出してもらう。

異世界ではお約束、油は高価であり庶民はなかなか手が出せるようなものじゃない。

いきなり油を入手してみせたことで、「「「すごい」」」と奴隷のみなさんから称賛&尊敬の眼差しを一身に受ける。

そうそうこれよこれ。これが異世界転生の醍醐味でしょ。

搾りかすは飼料に使用するため捨てずに置いておく。

続いて芋。

鋭利な風で皮を剝きスライス。水魔法で洗い風で水気を切る。

いや、あの魔法便利過ぎィ！

それとシルフィとアウラ、ノエルくん。キミたち当たり前のように繊細かつ緻密に発動してるけど、それ俺できへんからな！

カッコ悪いから絶対に言わへんけど。

「アレン様は下処理はされなくてよろしいんですの」

次煽ったらそのパイパイは下処理されると思えアウラ。

「アレンは魔法を発動できないのよアウラ」

「知らなかったとは驚き」

「ふえっ!?」

言い方ァ！

アウラがぽよんと胸を揺らす。驚いたぽよ～とか言い出しそうだ——おっぱいが。

俺は急いで視線を剥がす。おのれ、なんつう凶悪な果実をしてやがる。搾り取るお手伝いをしたいぐらいだ。

「しっ、失礼しましたわ……」

「気にしないでいいよアウラ（てめえ、マジ無自覚煽り運転やめろよ。言っとくけど心の中で泣いてるんだからな！　血の涙とか出てること忘れんなよな！）」

器の大きい男を見せつけるためグッと我慢する俺。

俺キレさせたら大したもんや。割とマジで限界値近いんで頼むでホンマに。次言ったらパンパンやからな！

さて、ここまで料理らしいことを一切していない俺はノエルに視線を向ける。

彼女はやはり無機質な瞳で俺を見つめてくる。その奥には「こいつマジで無能だな」とか潜んでいるのだろうか。そうだとしたら嫌すぎる。

【金】の適性を持つドワーフは鉱物や金属採掘に優れており【土】の相性もよい。

掘削、抽出、分離はお手の物とのこと。

あれ？　それじゃ俺が土を掘り返す必要ないんじゃ？　と一瞬よぎった思考を相対性理論の速さで消し去る。

それを考えてはいけない。俺に残された唯一のアイデンティティが消えてしまう。

せめて畑だけは絶対掘り返したいマンとは俺のことだ。

ノエルがすごいのは【火】にも適性があるということ。

最も得意とする【金】は金属操作。ドワーフがモノづくりの天才である所以。

金属加工――融解、加熱ができなければ話にならず火の扱いは職人レベル。

そんな彼女に油で揚げるための高温を火魔法でお願いするという……俺、マジで何もしてねえな！　村長無能過ぎィ！

意識を失ってしまいそうな無能っぷりをぎりぎりのところで耐え、先ほど搾った大豆油を170℃まで高温にしてサッと短時間で揚げていく。

調理器具はあらかじめ俺の指示通り金属操作に長けているノエルが用意してくれた。

……俺は調理チートでイキっていいのだろうか。

ほとんど奴隷の功績のような気がしてきた。

塩は高級品だが、シルフィが金会員になったことで手が届く金額で調達できるようになったとのこと。

それでも前世で塩味が足りずにバンバン振っていた頃から考えるとありえない金額である。

具体的には0が1つか2つ付いたお値段である。どけんかせんとあかん。これは課題。

とりあえずこれで大豆油を使用したポテトチップスが完成する。

まずはレディーファースト。気遣いができる男を装ってみたのだが、彼女たちにとって見慣れぬ食べ物はやはり口にするのは躊躇われるであろうことを失念していた。

毒味ですか……？　最低です、と言わんばかりの視線が俺に突き刺さる。

なぜ俺のやることなすこと裏目に出るんだ！

だがここまで来たらむしろ引き下がれない。

俺は自分が口にするより先にみんなに食すように促す。


——パリッと。


「「「！」」」

三人の反応は劇的だった。

「なっ、なななんですのこれは!?　芋を薄く切って油で揚げただけですのに……すごく病みつきになりますわ」

様式美ありがとうアウラ。

「たしかにこれはすごいわ。語彙力がなくなってしまうほどには驚きよ。これは——売れるわね」

シルフィ。瞳がドール（通貨記号）になってんぞ。いや、俺もこれで奴隷五十人を解放（リストラ）するための主力商品になればいいと思ってるけどさ。

チミ、俺のアイデア（先人の知恵だけど）をネコババすることに段々抵抗なくなっているよ。無償で譲ってあげるからにゃんにゃんさせてよ！

「美味しい」

ノエル。キミはできればもう少し感情を出して欲しい。

まあ、ブラックホールのように小さな口に消えていく様子を見るに本音ではあるのだろう。

さて。次は本命。大本命のパンである。料理チートと言いながら先ほどから何一つやっていない俺ではあるが、今度こそ【再生】を活用し、活躍してやろうではないか。

小麦やパンと聞くと、シルフィのパイ包みを味わいたい、アウラのムチムチ太ももをこねくり回したいなどと馬鹿げたことを考える男もいるだろうが、あいにく今日の俺は本気。

ジャぱん!!

焼きたてジャぱんを作ってやるぜ!

この世界の食事はお約束通りゲロまずである。たとえば主食であるパン。

これがもう耐えられない。

この世界のパンは発酵せずに焼いている。だから膨らまずに堅く、色にムラが出る。

爺(じじい)が口にしたら「ぐあああああ!」と効果抜群だろう。いや、下手をしたら一撃必殺。

この世界のパンは老人を最も殺していると言っても過言じゃないわけだ。

そこで『【再生】の新たな能力発動』だ。

小麦粉、ぬるま湯、塩、砂糖を入れて準備完了。ここにあるものを加えるだけでパンが見違えるように美味しくなる。

くくく……ようやく俺が活躍できるときが来た。

「シルフィ。この世界のパンを食べたことある?」

「ええ。あの堅いアレでしょう？　正直に言ってもいいかしら」

「どうぞ」

「人間ってあんな不味いものをよく主食にできるわね」

「お世辞にも美味しいとは申し上げられませんわね」

「同感」

おお。なんとこの場にいる全員の意見が一致していた。

あっ、危ねえ……！

「あいつマジで土を掘り返すしか脳がなくてさ」

「あー、わかる。本当にFランのご主人様だよね」

「死んだ方がいい。殺っちゃえバーサーカー」

みたいに陰口を叩かれるところだった。

「実はパン作りには欠かせないものがあってね。それがこれ」

と取り出すのはぶどうの皮である。

これを容器にドーン、水ドパドパー！　砂糖パラパラ。蓋してフリフリー。

時間を飛ばすため、今日までずっと温めてきた隠し芸を披露する。

「見ててくれる？　【再生】──」

容器の上に手を置きその名を口にする。

「──闇魔法【腐敗】」

水・砂糖・ぶどうの皮を入れた容器からシュワシュワと泡が立っていく。賢明な諸君たちはもうお分かりだろう。

パン作りに欠かせないもの――酵母液！

「えっ？」「なっ？」「？」

魔法を発動できないと思い込んでいたシルフィ、アウラ、ノエルは理解が追いつかないとばかりに驚きを隠せない様子。

やったやった！　やっとできたよ。

えっ、俺また何かやっちゃいました？

とはいえ、格好が付かな過ぎる！

異世界転生しておきながらパン作りでこれやる主人公なんて女神多しと言えど俺ぐらいやで？

「えっと、魔法は発動できないと聞いていたのだけれど」

「どっ、どういうことですの!?」

「驚いた」

さて。それでは説明タイムと行きますか。

諸君。耳をかっぽじって聞くがいい。

「魔法は発動できないよ。それは事実。だから俺が使ったのは固有スキルの【再生】だけだよ。再生――脳内に録画しておいた元の魔法を出したんだ」

俺の説明に御三方は言葉に詰まってしまう。失われた生体の一部を再び創る再生に加えて、脳内

録画した魔法を出力する再生。

攻守の頂点を極めたような固有スキル。さすがは異世界転生。女神チートである。腐っても主人公というわけだ。

これは異世界転生して間も無い頃。夢の中で女神が【再生】を補足してくれたときのことである。

「ごめんなさい。転生ボーナスは超絶ハイスペックではあるのですが、貴方が最底スペックのため、使用制限がございます」

「ひょおっ!?」

「転生ボーナス（ソフトウェア）は間違いなく超一流です。それはお約束します。ですが貴方（ハードウェア）が腐ってやがる」

「そんな……って、ん？　なんかいまナチュラルに罵倒された？」

聞き間違い……だよね？　地球じゃ決してお目にかかれないほどの美人が「腐ってやがる」？

えっ、俺の耳が腐ってんの？

「いえ、耳だけではありません。全体です。全体が腐っているんです。例えるなら社会構造そのものを激変させるだけのＯＳが埋め込まれておきながら、それを扱うマシンの容量が８ＭＢ（メガバイト）しかない、という具合です。なんだこれ。マジで終わってやがる」

さっきからディスりまくりィ！

「えっとつまり俺のポテンシャルは――」

「――大ハズレです！」

言い方ァ！　お前、マジでぶっ飛ばすぞ。

「落ち着いてください。無能」

「あいわかった。お前は潰す」

「おっと、そろそろ夢から現実へお目覚めの時間ですよ？」

「説明！　説明をしろ！　いや、してください！　いやあああ！　身体が浮き始めた！　なんか現実世界に吸い上げられていくんですけど!?」

【再生】は多義語です。貴方にはその意味——チカラを全て授けました。ですが、前述の通り、容量が圧倒的に不足しており、多くの条件、制約、制限が課せられています」

「早く説明の続きを——目が覚めちゃう!!」

「たとえば一度見聞きした魔法は脳内に記録され、いつでも、どこでも、好きなだけ再生できたはずなのですが、あなたは初回限り。再生可能時間は三十秒。あれ？　記録回路もゴミですね。保存しておける魔法も最大一つまで。しかも使い切りタイプ……えええええっ!?　肉体も腐ってやがりますよこれ！　おかげで再生できる魔法も肉体を維持できるものに限られてます。なんじゃこりゃぁぁぁぁ！」

なんで転生憑依させる女神の方が驚いてんだ！　ええい。ツッコんでたらキリがねえ。

要するに脳内に録画できる魔法は一つ。

しかも何度でも再生できたはずの魔法も出力したらまた記録しなければいけない。加えて同じ魔法は不可。一度限りの使い捨て。肉体に負荷がかかりすぎる高度な魔法も再現できないわけですか。

お願いですからアップデート頼んます。

マジで腐ってやがる！

「えーと、えーと。他にも様々な制約がありますけど……あーもう、時間がありません。とりあえず目が覚めます！　アデュー！」

「お前マジで覚えとけよ。ちょっと、いやめちゃくちゃ綺麗だからって何やっても許されると思――うわあああ！」

以上が女神との説明編（パート）だ。

異世界股間無双が待っていると思い込んでいた俺は【再生】の説明もろくに聞かずに憑依したため、ああやって夢の中に現れては補足してくれるわけだ。

「その……アレンが魔法を発動、いえ、記録したものを取り出せるのはわかったわ。けれど、どうしてここで闇魔法【腐敗】なのかしら？　せっかくの材料が――」

腐敗とは書いた字のごとく、腐る――有機物の分解だ。

――パン作りに酵母液を加えた光景は食材を無駄にしたように見えて複雑な心境だろう。

俺はようやく現代知識チートできることに喜びを噛み締めつつ、説明を再開する。

「パン作りには発酵が欠かせないんだ」

「「発酵？」」

仲良く頭上にクエスチョンマークを浮かべる御三方。首を傾げる仕草があざと過ぎる！

これを見られただけでも温存していた【腐敗】を使い切ってしまった甲斐がある。

発酵と腐敗。

結論から言えば二つは同じ意味だ。

ただし、前者が人間にとって良い働きをすること、後者が悪い働きをするといった使い分けをされている。

発酵により味、栄養価、保存期間の向上、腸内環境の改善といった健康にも効く素晴らしい作用があることを補足する。

「酵母がパン生地の中にある糖分を分解することで炭酸ガスとアルコールが発生。これがパンをふっくら膨らませてくれるってわけ」

「知らなかったわ……！」

「豊富な知識。尊敬いたしますの」

「凄い」

うっひょー！　これこれこれ！

俺の低スペックっぷりに一時はどうなることかと思ってたけど、欲しいやつ来たコレ！

悪魔的だ〜!!

ドーパミンドパドパ状態である。気持ち良い。なるほど異世界転生者がやりたがるわけだ。たしかにこれは気持ち良い。悪魔的な快楽だ。

と俺が気持ち良くなれたのはここまで。

「「闇魔法【腐敗】」」

んんんんんんんんんん？

……はあああああああああああ⁉

俺が決死の思いで温めていた闇魔法【腐敗】をさも当然のように発動・酵母液をいとも容易く作ってしまう御三方。

いやいやいや！　いやいやいや！

キミたち【木】【風】【金】が専門分野でしょうが。それ以外にも得意な属性持ちなのに【闇】まで発動できるんかいな。

こいつら本当に自重しねえな！　こっちは自重に自重を重ねているってのに。なんで自重したくないマンの方がどんどん影が薄くなってきとんのよ。

だからどうなってんの俺の異世界転生⁉

女神「だから言ったじゃないですか。終わってるって。私の気持ちようやく理解してくれましたか？」

おい、まだ俺は現実の中だぞ。わざわざ煽るために脳内に話しかけてくんな。

今夜楽しみにしてろよ。寝かせないからな。

女神「ふふっ。楽しみにしていますね」

クソッ！　こういうとき美人って本当に卑怯だよな⁉　微笑み一つで許してあげたくなっちまうんだから。女に甘過ぎる。

女神「そういうところ結構好きですよ」

こらやめなさい。こいつもしかして俺のこと好きなんじゃね？　って勘違いしちゃうでしょ。元ひょろガリ童貞がそれやったら痛いだけ！

不満が募る俺ではあるが、アレンクッキングを再開する。

酵母液を加えたそれをよくこねる。

「温かい手や暖かい場所に置いておくといいよ」と助言したところ、なんと彼女たちは器用に体温調節してみせた。

それ太陽の手じゃないの？

「アレンの手は冷たいのね」なんてナチュラル煽り――げふんげふん。ラッキーお手手お触りタイムがなかったらブチギレていたところだ。

「本当ですわね」「冷たい」

なんて言って俺の手に触れてくるアウラとノエル。それ以上ボディタッチはやめて欲しい。下半身が温かくなってしまう。

あとは適当な長さに切り分け、形を整え再度【腐敗】による発酵。

ただし、過発酵に細心の注意をしてもらう。

あとは火魔法で焼くだけだ。

「ふわぁ〜!?　なっ、なんですのこれは！　美味しい！　美味しいですわ！　外は熱々、さくさく、中はふんわりモチモチ。最高でしてよ！」

「美味しい。とても美味しい」

「これは誇張抜きに価値観が変わるわ」

様式美ではあるものの、美味しい食べものに女の子たちが笑顔になるのはとても素晴らしいことだと思う。

なるほど。美月ちゃんを除いて他人を幸せにしたいなんて思ったことがなかったが、これはなかなかに幸せなことだ。

多分、俺自身がすでに満たされているからこそこういう気持ちになれるんだろう。

やれやれ。内面まで優良物件ですか。エッチさせてください。

焼き上がったパンの良い匂いに釣られてエルフとドワーフが次々に集まってくる。

俺は器の大きい男を演出するため製造方法の伝授、並びに好きなだけ食べていいよ宣言をする。

彼女たちは奴隷商人の元、劣悪な環境で過ごしていたため、まともな食事にありつけてなかったとのこと。

あまりに美味し過ぎたのか。無意識に風魔法を発動して浮遊し始める始末。

ちょっ、違っ……！

美味しいときのリアクションはそっちじゃなくて、食戟時の服が破ける方、おはだけでお願いできる!?


【シルフィ】

あとになって考えてみればこのときだったわ。

私が全身全霊――生涯全て捧げてアレンの理想を実現させてみせると誓ったのは。

アレンミクス。三本の柱。その支柱となる『調理』

酵母に発酵。これまで私が知らなかった知識と概念。

アレンはそれを私たちに授けてくれた。本来なら取り扱いは厳重にすべき秘伝のレシピにもかかわらず。

味は言わずもがなだったわ。

今まで食してきたパンは何だったのかと問いたくなるような美味。

ポテトチップスも文句なしに素晴らしかったわね。商品という視点で考えたときこの中毒性は爆発的な売上に繋がるでしょうし。

私は人として、そして男性としてアレンに惹かれ始めていることを改めて自覚する。

【再生】という世界バランスを崩壊させるチカラを手にしておきながら理性を働かせて己を律することのできる人格。

与えられたもので満足しない姿勢はその圧倒的な知識が物語っている。

なんと彼は学問にも精通していた。きっと飢饉をなくしたいという想いが彼を博識にさせたのね。

一体どれだけの書物を漁り、試行錯誤を重ねてきたのかしら。

もしかして【鑑定紙】が――文字が読めないいんじゃないかって疑いかけた自分が恥ずかしいわ。

そんなことあるわけないじゃない！

叡智を私たちに授けてくれた事実が意味するところ。

――信頼されている。少なくとも期待を寄せてもらえるぐらいには。

応えないわけにはいかない。彼に失望される光景を想像するだけで血の気が引くもの。

必ず期待以上の成果を上げてみせるわ――！


【ノエル】


アレン凄い。酵母や発酵はドワーフとしての知的好奇心を刺激せずにはいられない。

本当なら隠しておきたくなるような知識。

それを美味しいものを食べて欲しいという思いで明かしてくれたに違いない。

その証拠にパンやポテトチップスをみんなに振る舞っていた。私とシルフィがここにやって来たときと同じように。

優しい。器が大きい。カッコ良い。

みんなが「美味しい」と口にする度、笑みを浮かべる姿に胸がキュンとする。

最近、アレンを視線で追っていることが多くなっている。視線が合うとドキッとする。

考えてみれば私は与えてもらうばかり。

尊厳、知識、食料、自由にモノづくりできる環境に時間。それに美味しい料理。

私も与えたい。アレンの役に立ちたい。彼に喜んで欲しい。

私は万能のシルフィと違って不器用。できることは限られている。

けど私もアレンを笑顔にしたいから一番得意なモノづくりを頑張る。

自信作ができたらまた髪を撫でてもらう。絶対。


【アウラ】


ふわあああぁぁぁぁー！

アレン様直伝のパンを食したとき、つい変な声が出ましてよ。

とんでもない殿方ですわ。

飢饉をなくしたいという願いをシルフィを通して聞いたときは複雑でしたが——これは本当に実現できる方かもしれませんの。

そう思わせるに足る味。商品という観点で考えても圧倒的な経済力を手にしたも同然。

よもやアレン様の本領が知識の方にあるとは思いもよりませんでしたわ。

流石（さすが）……！　流石ですわ！　エンシェント・エルフのシルフィとエルダー・ドワーフのノエルちゃんが付いて行きたいと思っても仕方ありませんでしてよ。

事実、わたくしもアレン様の行く末を近いところで見届けたいと願ってしまっていますから。

誇り高きエルフ、その上位種であるハイ・エルフの名にかけて与えてもらうばかりでは気が済みませんの。

わたくしもアレン様とシルフィ、ノエルちゃんに恥じないような働きをしてみせますわ！


【アレン】


「美味しい！」「感激です！」「凄い！」

調理チート、だい・せい・こーう！！！

奴隷のみなさんから賞賛の声が寄せられます。長かった、マジで長かった……！　ど変態かませ芋野郎から遂にここまで来たぞ！

幸せそうなモグモグタイムに俺も満たされる。眼福だ。幸福感が押し寄せる。

美人や美少女が破顔する光景は最高ですな。それが俺の行動によるものと来ればひときわ。俺は知識を見せびらかしイキれて楽しい。みんなは美味しいものを食べて笑みが溢れる。これぞまさしくＷＩＮＷＩＮ。

よし。みんなとの楽しい食事を習慣にしよう。『アレン七つの習慣』ここに爆誕。

だが、これは序章に過ぎない。お酒、お酒だ。アルコールさえ手に入れば酒池肉林に突入できる。

この程度で満足するのはまだ早い……！

幸せの余韻、これからの展望、えちえち展開に胸を膨らませる俺ではあるが、事件が勃発した。

料理チート後の深夜。

俺は――――、

――何者かに攫われた。

なんやて!?

第三章　アレンさん拉致られる①

Chapter.3

前章までのあらすじ。

爺殺しのパンに革命を起こすべく、闇魔法【腐敗】を活用した発酵パンを開発するアレンさん。

美味し過ぎたのか、エルフの奴隷たちは無意識に風魔法を発動し、浮遊する。

これから調理チートをするときはスカートを穿かせておこうと思います。そうしたらおパンツ見放題！　ウマー!!

これを棚からパンツと言います。失礼。棚からぼた餅と言います。

奴隷のみなさんニコニコ。俺もニコニコ。みんな幸せ。オールウィン。ようやく俺に春が来た。

調理チートの核ともいえる発酵を公開することで俺の株は爆上がり。ついこの前までストップ安だったのが嘘のようだ。

強制ロスカット寸前まで追いやられていたなんて信じられます？　ぐはは！　勝利は我が手の中よ。

ちなみにこの後、俺が伝授した『ジャぱん』はシルフィとアウラ、ノエル、エルフ&ドワーフの活躍により爆発的に売れることになる。

負債を完済できるよう給料も景気よく支払い、奴隷解放を今か今かと待っている俺にちょっとした、いや、想像していないハプニングが発生したのはまた後の話である。

さて、話を戻そう。

パンと女の子、そして俺もホクホクになったので気分良く修道院に戻っていた。

それから定番のリバーシ、チェス、将棋、囲碁、ジェンガで時間を潰す。

アレンもう拗ねない。学習した。女の子とゲームを楽しむことにした。

勝者は敗者に一つだけ好きなことを命令していいなんて、下心を隠せないどスケベがやることだ。親の顔が見てみたい。一体どんな教育方針なのか詰めてやりたいね。

服を脱いで欲しいなんて言語道断だ。恥を知りなさい!

シルフィによる「とりあえず一回村長をフルボッコにして交流を深めなさい」という人道から大きく外れた鬼畜作戦を経てからというもの、奴隷たちの距離も近いわけでして。

修道院には竹筋コンクリート(ワンルーム)が奴隷の人数分あり、これがまた大好評。

いや、製造したのはもちろんノエル&ドワーフのみなさんなので俺の功績にカウントできないことは理解しているのだが。凹む。

ラッキーだったのはみんな娯楽に飢えていたこと、俺が一応ご主人様で村長という立場であったことで、好きなときに立ち寄れること。

うふふ。いやー、辛いわー。村長辛いわー。女の子の家をハシゴ、引っ張りだことか辛えー。マジ大変だわー。

とはいえ、忖度のその字も知らない奴隷たちの「村長よわーい♡」「ざーこ」が実態ではあるのだが。

奴隷たちの中にも当然仲良しグループというものが自然とできていく。

そういう女の子たち同士のコミュニケーションはシルフィたちに一任してある。

これを良く言えば部下を信頼し、仕事を任せる。悪く言えば丸投げと言います。

ちなみにわたしは後者１００％ですのであしからず。

そんなわけで対局するときにも俺の周囲には三〜四人の美人（美少女）が集まることも珍しくない。

ノエルたちのワンルームは雨風が凌げてプライバシー保護、ストレス軽減を目的としているので、ぶっちゃけると狭い。

必然的に俺との距離は近くなる。たまーに、むにゅっと二の腕が当たるんですけどね、これがもうめちゃくちゃ柔らかいんですよ奥さん！

都市伝説でおっぱいと二の腕の感触は同じだと聞いたことがある諸君も多いだろう。

俺は妹の美月ちゃん以外とは触れ合ったことはなく、なんならまともに会話すらしたことがないので、この説を立証することができずに歯痒いままなのだが。

神よ。なぜ俺からモテを奪うのですか。

女神「気持ち悪いからでは？」

俺「答えは聞いてない！　というか、最近のあんた自重しねえな！　暇人か！　夢の中だけって女神「だってアレンさん。私の振りをキチンと拾ってくださいますし。このまま交流を深めたら言ってるだろ」

ワンチャン、あるかもしれませんよ？」

はぁー、やれやれ。元ひょろガリクソ童貞の非モテだからって軽く見られたもんですね。

そんなわかりやすい思わせぶりで俺が引っかかるとでも？——これからもよろしくお願いします。

点Pのようにあちこち話題が動き回るが、つまり村長役得フィーバータイムに突入しているってことですよ。

シルフィを始めとしてここには美人（美少女）が集っている。

命令一つで童貞を卒業できるだろう。エッチはしたい。えちえちには夢が広がるばかりだ。それが今後の楽しみであることは変わりないが、ここで発想の転換だ。

こうして少しずつ女の子との距離を縮めていくのも一興なのではないか。

いきなり最上級のエッチまで行ってしまうと、あとは誰と致したか、だけだ。これはいけない。

最近になって俺は悟ったのだが、女の子は柔らかい。温かい。笑顔はもちろん可愛い。

お手手に触れるだけでもテンション上げ上げ、音柱になれるなら、無理に焦る必要はない。

奴隷たちの家にお呼ばれして「村長さん。それは考えられる中でも最低の一手です」「待って村長さん！　そんなところに石を置いたらダメ！」「村長さん！　もう詰んでいるのでジェンガやりましょう」とワイワイしたい所存だ。

視線を上げればただでさえ可愛い（綺麗）女の子が笑顔である。

俺が一手を打つ度に「あー、もう。わかってててやってるでしょ」と呆れが入り混じった笑み。最高かよ。

感想戦でこれはあーなって、これがこうで、という話を可愛い（綺麗）女の子たちに手取り足取りレクチャーしてもらえるのは控えめに言っても天国だ。

あっちの方も手取り足取りレクチャーして欲しい。

俺はというとできるかぎりみんなの目を見て会話することを心がけている。

それでもやはり予期せぬタイミングで胸チラ、立ったり屈んだり座ったりでムチムチの太もも＆引き締まった生足がちらり。運が良ければ二の腕の感触がむにゅりむにゅり。

さらにドワーフたちは小柄の娘が多いため、一室に五～六人集まることも珍しくない。そうなると両端だけでなく、背中にもたれかかってくる娘もいるわけで。まさかの直接攻撃（ダイレクトアタック）（物理）である。

『まつ毛長！　二の腕柔こ！　めちゃいい匂いする！　笑顔可愛い。保養効果抜群かよ！』を堪能（たんのう）した俺は村長室に帰宅。

俺がヘタレスケベチキンのせいでシルフィとノエルは早くから別室――というか、建物が別。つまり、一つ屋根の下ではない。

なぜ別宅にされたのか、本当のところは俺にもわからない。おそらく臭かったのだと想像する。

とにかく【再生】後のシルフィとノエルの容姿容貌が凄（すさ）まじく、俺は「えっ、あの、おで！」とオタク丸出しだったに違いない。

今となっては別宅で良かったと心の底から思う。すぐそばにお二人がいたら緊張して夜も眠れない。そうなると癪ではあるが、密かに楽しみにしている女神と会うこともできない。

女神「あらあら。あらあらあらあら」

語彙が死んでんぞ。それから他人の心を勝手に読まないで欲しい。

さて、そんなわけで今日もよく遊んだ。食っちゃ寝リバーシ最高すぎる。

よもやこんな楽しい毎日が待っていたとは。長い下積み生活、超下位互換の【回復】で銭を稼いだ甲斐があったというものだ。

今日はとっても楽しかったね。明日はも〜っと楽しくなるよね。ねっ、アレ太郎。


——カサカサ。


ん？　カサカサ？　えっ、いまなんか音しなかった？

いやあの、そんな……だっ、誰!?

俺を夜這いしようなんて、はしたない子猫ちゃんは誰だ!?

このときの俺は割と本気で村長遂に夜這いされる説を信じていたので、両瞼をキツく閉じながらも期待と嬉しさ、そして突然のことに戸惑いを隠せなかった。

そっ、そんなにパン美味しかった？

たしかに「うーまーいーぞー！」って目や鼻、口から光線飛び出してたもんね。

でも、だからってそんな急に……まだ心の準備が！

ドッドッドッと早鐘を打つ心臓。

きゃっ、きゃきゃ、きゃくご、いや覚悟を決めろアレン！

ヘタレでチキンの俺に代わって女の子の方から大胆にも迫ってくれたのだ。ここで恥をかかせては男が廃るというもの。

据え膳食わぬはなんちゃらだ。

刹那。身体に何かグルグル巻かれていく感触！

ハード！！！！！！！　思っていたよりハード！！！！　想像してた100倍以上の過激さだ。

えっ、あのこちとら童貞ですよ!?

女の子に恥をかかせちゃいけない場面だってことは理解しているつもり。不束者ではあるけど、全力で応えようとは思ってる。

でも、初手が拘束プレイってどうかと思うのアレンさん！

最初はもっとこう、違う形で盛り上がるというか、互いに快楽を貪り合う、みたいな？　一夜の過ち、みたいな？

いきなり縄はハードル高過ぎィ！

そこまで考えてようやく違和感。俺の周囲にこんなことをする女の子はいない。

いや、人間誰しも裏の顔を一つや二つ持つものだけど、ちょっと思い当たる娘がいない。

そうなってくると今度は俄然恐怖が湧いてくるわけで。

なんだろう。すごく犯罪臭がぷんぷんする。

怖くてまだ目が開けられない俺は拘束されている何かに触れてみる。それは柔らかくて温かく、手触りの良い糸のような感触。

拘束と糸という、どう考えても対照的なそれに脳がさらにパニックになる。

えっ、あのっ、ちょっと、何これ！　すごく心地良いのに全然身体の自由が利かないんですけど！　世の中にこんな拘束具ある？

恐怖よりも好奇心が優ってしまったタイミング。

俺は無意識に瞼を開けていた。闇の中、しばらく姿が視認できずにいると、目が慣れたタイミングで映し出されたのは——。

――美人蜘蛛（ぐも）だった。

いやもうマジで吃驚（びっくり）するぐらいの美人である。お美しいシルフィにも匹敵するほどだ。

恐怖よりも綺麗さに意識を奪われ、声が出ない。

ただし、人の姿をしているのは上半身まで。ゆっくりと視線を下ろすと下半身は見たこともないほど巨大な蜘蛛。ああ、そういえばここ異世界でしたね。

薄らと巨大蜘蛛の目と視線が合う。ひーふーみ。あれ？　六つ？　蜘蛛って八つじゃなかった？ん？　よく観察したら足も六本しかない？

思考が明後日（あさって）の方に向かったところで俺を拘束しているものの正体がわかった。

これは蜘蛛の糸だ。

「うぎゃああ――うごごもごごご」

「はいはーい。静かにしてちょうだい。大丈夫よー。別に取って食うわけじゃないから～」

俺、口に蜘蛛の糸グルグル巻き。全身拘束済み。やれやれ。なーにが夜這いだよ。

蓋を開けたら誘拐ですか。犯罪ですがな。

異世界転生の主人公が誘拐されるとか、前代未聞ですよ。なんで俺、こんな弱いん？

俺ＹＯＥＥＥに絶望しながらも、どこか胸の奥では冷静に手札の再確認を行っていた。

こっちはようやく女の子たちと楽しい時間を過ごせるようになったばかりなんだ。いくら奴隷解放計画（リストラ）を立てているロクデなしだからって、もうちょっとぐらい美味しい汁を啜（すす）っても罰は当たらないと思う。えっ？　当たらないよね？

誘拐という、前世で経験していたらおしっこちびっていたこと間違いなしの犯罪にもかかわらず、自分でも驚くほど冷静だ。

おそらくここが異世界で絶体絶命から助かることができる【再生】があるからだろう。これでマジもんの無能だったら白目剝いて失禁していたことだろう。

それに美人蜘蛛はこう言ってた。取って食うつもりではないと。つまりそれは俺自身に価値があるということ。

何をさせるつもりなのかは確認しないといけないが、そこまで悲惨な目には遭わないだろう。ここは持ち前の楽観思考でいこう。

次の瞬間。地面から次々に生える鋭い竹。

――木魔法。

繭に包まれた蚕アレンを摘まみ、自らの胸部に押し当ててくる美人蜘蛛！

アウラほどではないものの、たわわに実っており、しかも肌けているため、ナマ乳――生谷間の感触です。

おうふ！　アレンさん最近主人公し過ぎ！

ドドッ！　と何かが破壊し、吹き飛ぶ音。

おっぱいに顔面をおしつけられながらも目だけ動かしてみると、蜘蛛の巨大な脚が収縮と伸縮、すなわちコンクリートの天井をジャンプで突き破っていた。

しゅごい！

こういう戦闘シーン憧れてたのよね。

でも、連れ去られる姫じゃなくて、姫を助ける側として――当事者として経験したかったね。どうして俺は女の子に助けてもらう側なの。

美人蜘蛛さんは別のコンクリートの屋上に着地。見下ろすとシルフィさんとアウラさんが印を結んでいる。カッコ良い。俺もそれしたい。

やっておしまいなさい。シルフィさん！　アウラさん。

「エンシェント・エルフにハイ・エルフ。あら〜、エルダー・ドワーフまで居るのね。まともにやり合うのは分が悪いかしら。でも残念。夜の森――私たちの縄張りに逃げるだけなら簡単よ〜」

爆(は)ぜる美人蜘蛛さん。俺の顔面のたわわも大暴れ。うひょ。

鋼の反動――何かに引っ張られるような運動エネルギー。バネの弾力のようなそれに加えて、鋼のような糸を指で操りシルフィとアウラの大樹を紙のように切り裂いていく。

あれれー？　おかしいよー。ご主人様一瞬で連れ去られてますがな。

俺が言えた口じゃないけど、もうちょっとドドドド!!　ババババ!!　みたいな戦闘シーンが繰り広げられるもんじゃないの？

よもやチミたち、助ける振りして見捨てるつもりじゃないですよね!?

やれやれ。仕方ない。こうなったら自力で脱出してやりますか。その代わり帰還しても露骨に嫌な顔しないでくださいね。頼んますよシルフィさん、アウラさん、ノエルさん、奴隷のみなさん！

こうして俺は胸の谷間に顔を埋めるようにして攫われてあげることにした。

シルフィの姿が見えなくなりそうなタイミングでペチッと何かが頬に当たった。

痛て！　ゴミかなんか頬に当たったァ！　痛ってぇ！　泣きっ面に蜂だ！　もういい！　アレン拗ねた！　拗ねちゃったもんね！

いいよ別に。おっぱいに慰めてもらうもん！

あー……柔らけぇぇぇぇ！

べっ、別に助けられない方が都合が良いなんて考えてないんだからね！

☆

深夜の森を凄まじいスピードで跳躍する美人蜘蛛さん。

六本の足で飛び跳ねる度に俺の顔面が幸福になる。いや、脂肪の塊がバチンッ、バチンッと俺の頬をしばいてくるわけでそれなりに痛みもあるわけだが。

これが噂のおっぱいビンタですか。やれやれ最高ですな。

どうやら目的地に到着したらしく、

「着いたわ～」

と蚕アレンを摘まみ、ポイッと地面に投げ捨てられる。ばいんばいんと跳ねる俺。かつてここまで滑稽だった異世界転生者がいただろうか。存在しているなら是非とも会ってみたい。きっと色んな不満で盛り上がれるはずだ。

唯一使用できる技、はねるで視線を調節。こういう俺ＹＯＥＥＥＥに関してはそれなりに順応性がある。右に出る者はいないはずだ。

全然嬉しくない！

繭から顔だけ出して美人蜘蛛を見上げる俺。口に巻かれていた糸が解かれる。

「俺をどうするつもりだ！」

犬歯を剥き出して美人蜘蛛に吠える。

諸君。絵を想像して欲しい。

蚕アレンは繭から顔だけ出した状態。一方の相手はなんとアラクネだ。そう。ギリシア神話に登場する織物の天才。

上半身のお美しさ、醸し出す色気に加えて、艶のある脚が六本。漆塗りのようなそれはもはや芸術品だ。さらに巨大蜘蛛の六目は宝石のように輝きを放っている。

誰がどう見ても大物である。

ここは俺を惨めにすることに定評のある世界だ。小物感は甘んじて受け入れようではないか！

「どうしても貴方に治して欲しい娘がいるのよ～」

ふぅん。どこぞやの大企業社長の口癖を胸中で呟く俺。

美人アラクネさん。あんたのやったことは全部お見通しだ！

なにせ俺の価値はもう【再生】一本だからな！　認めたくないけど！

「出てきていいわよ～ラアちゃん」

許可が下り、新たに現れたのはもう一人のアラクネ。

でっ、デカい……！　なんというデカさだ！　実在したのか――！

顔だけ出した俺の視線はある一点に注がれている。

ノエルが微乳、シルフィが美乳、アウラが巨乳だとするとラアちゃんと呼ばれた新アラクネさんは爆乳。暗闇にもかかわらず抜群のプロポーションであることがすぐにわかる。

「おいおいネク。本当に誘拐して来たのかよ。このぐらい大したことねえって言ってんだろ」

なんとあのスタイルで勝気&姉御肌である。

ただし、大したことねえ、という言葉とは対照的にボロボロである。

片目には包帯が巻かれており、血が止まらないんだろう。真っ赤である。

ネク――俺を拉致したアラクネの脚が六本あるのに対して、三本ほど破損してしまっている。おかげで歩き方もぎこちなく、見るからに痛々しい。

「うちの姉が悪いな。けど安心してくれ。ラア様の名にかけてあんたに危害を加えさせねえからよ。すぐに元の場所に帰してやる」

おおっ……！　諸君、美人姉妹ですよ！

糸目でSっ気を感じさせる美乳お姉さんと姉御肌で俺さま爆乳妹。

「何言ってるのよラアちゃん。それじゃ私が頑張った意味ないじゃない。ちゃ～んとやることやってもらうわ～」

ふむ。なるほど。だいたいわかった。

こういうの雰囲気大事。

俺は顔以外繭に包まれた状態で意味深な笑みを浮かべてみる。全然カッコ良くない。ちくしょう。

「でもよ」

「それでどう？　治せそうかしら～」

ちょっぴり病みオーラを放ちながら（糸目との相性が良過ぎて怖い）聞いてくるネク。

正直に言えば余裕である。失われた生体の一部を再び作るのが【再生】の真価だからな。

とはいえ、ここでホイホイ発動するほど俺は阿呆じゃない。ＩＱ85を舐めてもらっては困る。

「いくつか質問をお願いしてもよろしいでしょうか」

敬語！　まさかの敬語！　ますます加速していく俺の小物感！

クソッ、いつかこの世界で「お前、弱いだろ」とか言ってみたい！

「どうぞ～。それから変にかしこまる必要はないわ」

気圧されて敬語になり、それを見透かされて普段通りを促される男、その名はアレン！

最終的に命乞いと土下座は確定済みとして、とりあえず内面だけは主人公風を吹かせておこう。

「彼女の怪我を治療することは難しくない」

「あらあら」「なっ！　マジかよ」

おっとり冷静のネクと驚きを隠せないラア。

「ただし、もしも俺の家族に――シルフィやノエル、アウラとその仲間を傷つけるつもりなら容赦はしない。彼女たちは無事なんだろうな？」

そもそもまずお前が無事じゃねーだろと世界の外側からツッコミが聞こえてきそうだが、自分のことは棚に上げておく。

自分に甘く他人に厳しくありたい。人間だもの。

「おっ、おいネク！　まさか——」

「——はいはい。静かにしてね。心配しなくても大丈夫よ。彼女たちには何一つ危害を加えてないから。もちろんこれからもそのつもりはないわ。私はただ貴方を攫って逃げて来ただけだもの」

ふむ。信じていいかどうか判断に悩むところだが、俺は女に甘い性格だ。とりあえず信じてあげようではないか。

「信じていいんだな？」

「ええ。ラアちゃんに誓って」

美人糸目アラクネと最弱系主人公アレンの視線が交錯する。

こういう目で語り合おうぜ、みたいなの一度やってみたかったんだよね。

できればきちんと立ってバチバチ火花を散らしたかったのは言うまでもない。諸君、もう一度言うが、絵を想像して欲しい。

俺、顔を除く全身を繭に包まれた状態。そこから見上げるように睨めつけるという図だ。

ダメだ。どう頑張っても——いくら口でかっこ付けてもダサい。ダサ過ぎる。

でも俺は止まんねぇからよ。お前らも止まるんじゃねえぞ。

女神「村長!?　なにやってんだよ村長！」

いや、だから脳内で遊んでる場合じゃなくて！

クソッ、自分でも驚きだが、余裕があるなこんちくしょう！

油断していたら次々湧いてくる現実逃避を振り払って頭を切り替える。

「それじゃ俺が彼女を治す代わりにシルフィたちには危害を加えないことを【聖霊契約】してくれ」

「ああ。それはもち――――」

「――却下よ」

約束しかけたラアを制止させる美人姉（ネク）。

「それだと、もしこの場に彼女たちが駆けつけたら、私たちは防戦一方になるじゃない。そんな条件飲めるわけないわ～」

「ふっ」

俺は思わず鼻で笑ってしまった。これが交渉のテーブルで短い脚を組みながらなら、まだ格好もついただろうが、生憎俺は繭から（以下、略）。

「なにかしら？」

鼻で笑った姿はネクにとってもカチンと来るものだったのだろう。声のトーンが低い。正直に言う。怖い。チビりそう。

そもそも俺が鼻で笑ったのはラアやネクに対してではない。自分に対してである。

シルフィたちがこの場に駆けつける？　やれやれ。どうやら美人姉妹は何もわかっていないみたいですね。

俺は愛想を尽かされたんですよ。

だからエンシェント・エルフ、エルダー・ドワーフ、ハイ・エルフというエリート種族が集まっておきながらみすみす連れ去られたわけで。

見た？

手を伸ばしながら「「アレン（様）！」」だよ？　切り裂かれる悲劇を見事に演じ切ってたじゃん。女優の才能ありすぎ。

いや、まあ思い返してみたら身に覚えがありすぎるもんね。

俺が彼女たちにやってあげられたことなんて娯楽品の権利を譲渡したぐらいだし。

その後はパンこねてイキって、節操なく女の子のお尻を追いかけ回して、家にお呼ばれして、リバーシして、食って、寝て、糞して、シルフィたちから提供される芋と豆食って。

なーんもしてねえな俺！！！！

誰か俺の存在を無条件で肯定してくれよ！　それが異世界転生ものの醍醐味でしょ？　なんで俺にはそれがないの？

彼女たちに見捨てられた俺はもう何も失うものはない。

だからこそこんなことが言えてしまうのだろう。

「ネクがラアを大切に想っているように俺にも大事な存在がいるんだ。治療後に彼女たちを襲撃する可能性があるまま【再生】できるわけないだろ」

ふう。気持ち良い。

もはや俺が主人公になるには口先を達者にすること以外ないからな。

自己肯定感を高めておかないと。こういうの得意分野！

アレン、やればデキる子だもん！


【シルフィ】


不覚。後れを取ってしまった。

攻撃魔法においてほぼ無能であるアレンの盾になるのは私の役目。大失態だわ。

本当に何をやっているのかしら。

いくら相手が魔王の手先とはいえ、ここまで容易く連れ去られるなんて……不甲斐ない！

この世界には七つの大罪――七人の魔王が存在すると言われている。

アラクネの脚に付いていた紋章。おそらくあれは【色欲】の魔王。その右腕クラスの幹部だ。

バネのような蜘蛛の糸で逃走ルートを組まれていた。

いくら自然に愛されたエルフでも暗闇の中、あれだけの猛速で逃げられたら追いつけない。

なにしろアレンが連れ去られたのは彼女たちの巣の中。罠が張られている可能性が高い。アラクネは闇の中でも目が利く。夜目がある巣の中に何の策もなく飛び込むのは自殺行為。

私はアレンの頬に宿木(やどりぎ)の種を飛ばす。

これは植え付けた対象の位置情報と音声を拾うことができる木魔法。

このまま諦めるわけないでしょう……！

やがて宿木の種の位置情報が停止する。

さらに会話が聞こえてきた。

『「いくつか質問をお願いしてもよろしいでしょうか」』

敬語!? いえ、でも助かるわ。少しでも時間を稼いでもらえれば、私たちがすぐに救出に……、

『「ただし、もしも俺の家族に――シルフィやノエル、アウラとその仲間を傷つけるつもりなら容赦はしない。彼女たちは無事なんだろうな？」』

『「それじゃ俺が彼女を治す代わりにシルフィたちには危害を加えないことを【聖霊契約】してくれ」』

『「ネクがラアを大切に想っているように俺にも大事な存在がいるんだ。治療後に彼女たちを襲撃する可能性があるまま【再生】できるわけないだろ」』

バカ。そうやってあなたはいつも私たちを優先して……！

少しは自分の心配をしなさいよ！

【アレン】


アレン改め蚕アレンです。はねるが使えます。辛いです。

今回のテーマは『さすがシルフィ！　略してさすフィ』です。どうぞ！


「それじゃ交換条件でどうかしら」

と俺を連れ去ったアラクネ――ネク。

彼女はさも当然のように巨大蜘蛛から降りる。

えっ、ちょっと、あの!?　まさか分離できるんですか!?　しゅっ、しゅごい……！

上半身が超絶美人とはいえ、蜘蛛はちょっと……と心の壁(ATフィールド)を張っていたのは否めない。

たとえ色仕掛けで攻められても「えっちのやり方わかりませんし」と陥落寸前で耐久レースに挑むつもりだった。

シルフィたちの安全を保証してもらうまでは堕ちてたまるか精神だ。

何一つ主人公っぽいことができていない俺の意地である。

だが、しかし。

分離型となれば話は別だ。

俺はモン娘だからといって興奮できないような軟弱者ではないが、それでも人間と同じ下半身というだけで容易くATフィールドは破られる。

「そうね～。ラアちゃんを治療してくれたら私の子宮なんてどうかしら。サービスするわよ～」

ぐああああああああああああああああ！

万事休すとはことのことか！　一瞬で俺の鋼の意志を破ってきやがった！

強い！　なんて強さだ!?　脳裏に、いや顔面に蘇るぱいぱいの感触。あれはいいものだ。

認めたくないものだな。若さ故の性欲というものは。

ぐっ、ぐうううううううううう！

完堕ち三秒前。精神の猿轡を噛み締める。

おのれ。卑怯な！

「舐めるな！」

「鼻血でてるわ～」

俺が必死に抵抗しているのに全身のエロが駆け巡ってやがる。血湧き肉躍る状態じゃねえか。

俺は前世で一度だけ、えちえちさせてくれるお店に通おうと本気で画策したことがある。

ただしそれは未遂に終わった。

美月ちゃんに「お店に使うお金があるなら私に貢いで。そういうサービスもしてあげるから。じゃないと縁切るよ」

あのときは本気で怖かった。そこに兄の威厳などない。

妹が上。兄が下。妹が上、兄が下ァア！　という光景が広がっていたことだろう。

いつだって辛辣な美月ちゃんではあるが、冗談と本気では言動が異なる。もう纏う覇気からして違う。

仁王立ちの状態で覇王色をバンバン放ってくる。俺は白目を剝き、泡を吹き、痙攣させられた。

俺の童貞か？　欲しけりゃくれてやるぜ。探せ！　この世の全てをそこに置いてきた！

女神「死んでもいらない！」

おい⁉　また俺の異世界生活覗き見てやがるな⁉　見せもんじゃねえんだよ！

ハニートラップに屈しない姿を目に焼きつけるがいい！

「恥を知りなさい！」

「あらあら。本音と建前が逆になってるわ」

はっ！　しまった！　バカ野郎理性！　ここで男の意地を見せなくてどうする⁉

アレンという男は美人糸目お姉さんの色にちょっと当てられただけで【再生】を発動するような、そんな軽い男なのか？

違うだろ⁉

理性「HA☆NA☆SE」

クソッ、狂魂になってやがる。

限界が近い。

「それでどうかしら。そっちなら【聖霊契約】を交わしてあげてもいいわ」

ぐはっ！　まさか見た目はいい女過ぎるアラクネから絶対遵守を持ち出されるとは。

俺は思い出す。えっちなお店に行こうとしていたときの美月ちゃんを。

据わった目。真っ暗な瞳の奥。底冷えするような声音に指一つ動かせない重圧。殺される……！

冗談じゃなく本気でそう思ったあのときを鮮明に思い出す。

お店に使うお金があるなら私に貢いで。

ごもっともである。

お兄ちゃんの稼ぎは雀の涙であり、美月ちゃんに費やせる金額といったらもう。少なすぎて草が生えるほどだ。

現役ＪＫにバイトまでさせてしまった。

そこに加えてそういうサービスをやってあげる、という発言。本気じゃないことはわかっている。だが、少し想像しただけで鳥肌が立つのを抑えられない。さらに縁を切るという無慈悲な通告。あれは効いた。

……ふう。美月ちゃんのおかげで冷静さを取り戻した俺は、足りない脳みそを振り絞る。

さーて。どうすっべ。

俺は場当たりの政治家と違って出口戦略を示すことができる天才だ。

ここで考えなければいけないことは、

①俺の安全。

②シルフィたちの安全。

③ラアを【再生】するか否か。

④③の交換条件。
である。

まず①を考えるのは最後でいい。腐っても俺は異世界転生者。女神からの転生チート【再生】がある。能動は全然だが、受け身に関しては俺TUEEEできる。それは果たしてTUEEEなのかは置いておくとして。
③は【再生】しても良いと考えている。女に甘い性格であることは認める。けれど決断には後悔が付きまとうものだ。
だから【再生】はそのときの感情を重視して決定する。ラアの言動が演技であることも十分考えられるが、どことなく悪いやつではなさそうだ。楽観的すぎるか。

となるとやはり、シルフィたちの安全をどういう形で保証するか。ここが鍵になる。

落としどころを見つける必要がある。

必死に頭を回転させている俺にネクはいたずらっぽく顎をさすったり、耳に息をかけてくる。おうふ！　おうふ！

やめてくれアラクネ。元ひょろガリクソ童貞にそれは効く。

やがて、手玉に取ろうとすべすべの手で触れまくるネクは俺ですら気づいていないことを感じ取ったらしい。

「なんだか気持ち悪いわ」

童貞ですみません。

できればそういう弄りはやめて欲しいです。それは俺に効く。

「この感じ――ああ、そういうこと。罠に嵌められていたのは私の方だったのね」

俺の頬を熱心に触れていると、突然巨大蜘蛛に乗ったネクは跳躍！

今回は置いてけぼりである。僕も連れて行って谷間の感触を楽しませてよ！

おそらくだが俺に構う余裕がなかったものだと思われる。ネクは脚が破損したラアを蜘蛛の糸で庇いながら距離を取っていた。

美人姉妹の美しき姉妹愛がそこにあった。

刹那。

聞き慣れた――けれどもいつもと声音が全く異なる――意志の強さを感じる張り上げた声。

「【結界・四方聖樹】！！！！」

大樹が四隅の角に生えて結界らしきものに囲まれる。

スタッと空中から降りてきたのはシルフィ、アウラ、ノエル。

かっ、カッコ良い……！　俺もそれしたい！

もはやお馴染みの光景だから慣れてはきたけど、これ、本当は俺の役目なんだよね。

そんな俺の不満などいざ知らず。

シルフィは蚕アレンの繭を風で解いてくれる。

拘束されて手も足も出なかった主人公が一瞬で解放だよ？　なるほど。これが受け身ＴＵＥＥＥの真髄。嫌すぎるぜ！

拘束がなくなったことで立ち上がることができるようになった俺は結界の四方、つまり角を確認すると、各六人、エルフが合掌している。計二十四人。全員集合である。

確信はないけど、たぶんシルフィがエルフ奴隷に【無限樹系図】を描出したものだと思われる。

彼女の自重のなさに歯止めが利かない。

「時間を稼いでくれて助かったわ。それと信じてくれてありがとう。嬉しいわ」

なんかシルフィが言ってる。よくわからない。

「可愛い顔しているのにやってくれるじゃない。そう。彼女たちが駆けつけるまでの時間稼ぎだったのね～。連れ去られておきながら、ずいぶん余裕だと思ってはいたけれど、一本取られたわ～」

ネクもなんか言ってる。

時間稼ぎ？　はてなんのことやら。

一流同士のやり取りに付いていけず、すっかり蚊帳(かや)の外に放り出された俺は、とりあえず全部わかってましたよ感を出すことにした。

だって、そういう場面だよね!?

色仕掛けホイホイにまんまと乗せられそうだったことなんて明かせるわけもないし。

空気さえ読めれば有能なご主人様を演じられるチャンス！

「やれやれ。ヒヤヒヤしたけど計算通りかな」

『「！」』

この場にいる全員――シルフィ、アウラ、ノエル、ネク、ラアの肩が上下する。

えっ、俺また何かやっちゃいました？　本来この言葉が持つ意味とは違う感じっぽくなってるけど。

「敵ながらいい胆力してるわ〜。評価を二つほど上方修正しないといけないかしら」

なんか美人美乳お姉さんの株が上がっていた。やった！　嬉しい！

「さすがね」

「さすが」

「惚れ直しましたわ」

なんか知らんけど無条件全肯定タイム入りました！　確変です！　確変です！

なんで？　なんで急に俺の評価爆上がりしとん？　俺がやったことって蚕アレンに進化してえちえちなお誘いに逡巡してただけやで？　そんなんでいいん？　そんなんでご主人様流石です！　ってなんの？

どゆこと？　訳わからへん。

ていうか、シルフィどうしてここがわかったの!?　というか、キミたちよく救出しに来てくれたね!?

連れ去られた方が絶対都合が良いはずなのに……！　こんなダメ男でもご主人様ということか。私が傍にいないと彼もっとダメになっちゃうから、という母性ですか？

アレンさんはそれでも構いませんよ。むしろウェルカムです。みんなと食っちゃ寝ヒモリバーシできるなら、それでいいんです！

なんだろう。この感じ。見捨てられたと思っていたのにそうじゃなかったというだけで何だってできる気がする。

なんか気が大きくなってるアレン。だから言っちゃう。カッコ付けちゃう。

だって俺も主人公したいもん。受け身ＴＵＥＥＥじゃなくて能動ＴＵＥＥＥやりたいもん。

これを虎の威を借る狐（きつね）と言います。

「さて、と。形勢逆転。これでようやく対等に交渉できるねネク、ラア」

えっ？　何を言うつもりだって？

用意している言葉なんて俺にあるとお思いですか？　ありませんよ。

だってこちらその場の空気に流されて口を開いているだけですし。おすし。

そもそも形勢逆転なんて言葉が勝手に出ちゃったけど、救出と同時に発動してくれた【結界・四方聖樹】の持続時間、効果、弱点とかも全然わからないし。

これ、大きく出ても大丈夫なやつだよね？

いまさら全部雰囲気でしたなんて言えないからね？

とはいえ、多勢に無勢。結界の名前だって【四方聖樹】。聞いたらわかる強いやつやん。

「交渉？　そうね～、私でできることなら呑んであげるわ。その代わりラアちゃんには絶対手を出さない契約にしてもらえるかしら」

「おっ、おいネク……！」

妹を庇う姉とそれに複雑そうな妹。

会話の流れからするに多分、こっちが有利ってことでいいのかな？

「どうするのアレン？　判断はあなたに任せるわよ」

「任せる」

「なんなりとご命令を」

いや、そこは知恵を貸してよ!?　というか、情報ちょうだいよ！　現在どういう状況。圧倒的有利なの？　戦闘するつもりなの？　どうしてここがわかったの？　【四方聖樹】って？

ええい、ままよ！　元はと言えば俺が賢者風を吹かせたのが原因なんだし。

諸君。口は災いの元だ。これを決して忘れるな！

「ラアの怪我は治すよ。だからシルフィたちが二人を害さない限り、手を出さないと【聖霊契約】を結んで欲しい。もちろん、正当防衛は認めるよ。その辺りは一緒に詰めよう」

「……この状況でそれは私たちにとって有利すぎるわ。元々私はラアちゃんの怪我さえ治せれば彼女たちに危害を加えるつもりはなかったんだから〜。それともやっぱりエッチなことを要求するつもり？」

シルフィ、アウラ、ノエルの目ギョロ！

視線ズババババ！

見なくてもわかる！　これは白い目だ。

どっ、どうしよう!?　なんも考えずに思いついたことを口にしているから、この疑いを晴らす方法がわからない。というか、あながち濡れ衣でもないし。だってエッチなこと考えてたもんね俺。

いっそ、筆おろしは必須に決まっているだろ！　と開き直るか。

いやいやいやいや!?　いくらクズなご主人様でも救出しに来てくれた彼女たちの前でそれはダメでしょう。

となると他に――俺がこの交渉を持ち出した理由が必要だ。えちえち以外でアラクネ姉妹に求めるもの。えーと、えーと、おっぱい、じゃなくて、乳、でもなくて、胸、でもなくて谷間でもなくて――って、それしか頭に無さすぎィ！

テンパる俺。とりあえずニコッと笑みを浮かべておく。なーんも思いつかん。しかしそれを態度に出すわけにはいかない。それしたらゲームオーバー。

なにか……、なにかないのか!?

えちえち方面以外で美人アラクネ姉妹に【再生】の対価を要求できるものが！

チラッと、ネクの綺麗な指から糸が出ているのが視界に入る。

豆電球が灯る。これだ！！！！

「それじゃ二人の糸を定期的に譲ってくれないかな？」

この切り替えの早さ。惚れるね。

【シルフィ】


「やれやれ。ヒヤヒヤしたけど計算通りかな」

やっぱり時間稼ぎだったのね……！

「敵ながらいい胆力してるわ～。評価を二つほど上方修正しないといけないかしら」

【色欲】の魔王幹部と思われるアラクネも一本取られたかの反応。

アレンの領域にようやくたどり着いた瞬間、

「さすがね」

「さすが」

「惚れ直しましたわ」

私、ノエル、アウラから感嘆の声が漏れる。

彼は色んな光景を見せてくれると同時に魅せてくれる。

神域の【再生】、常識に囚われない発想や知識、驕らない性格。

さらに胆力まで……！

私が宿木の種を飛ばしたことを瞬時に把握したアレンは救援を確信。

普段との高低差がありすぎて興奮が冷めない私とは対照的に、彼は相変わらず飄々としている。

「さて、と。形勢逆転。これでようやく対等に交渉できるねネク、ラア」

交渉!? いま交渉と言ったかしら!?

これが天才、アレンという男の領域。まさか色欲の魔王幹部に交渉を持ちかけるなんて。

次の言葉が待ち遠しくて仕方がないわ。

「どうするのアレン？　判断はあなたに任せるわよ」

「任せる」

「なんなりとご命令を」

無意識に次の言葉を促してしまう私。

滅多に見せることのないアレンのやる気にノエルとアウラ、そして結界を維持してくれている奴隷たちの意識が惹きつけられる。

危険は承知の上でエルフのみんなは全員私たちについて来てくれたわ。

これもアレンの人望・魅力があってこそ。心酔してしまいそうだわ。

「ラアの怪我は治すよ。だからシルフィたちが二人を害さない限り、手を出さないと【聖霊契約】を結んで欲しい。もちろん、正当防衛は認めるよ。その辺りは一緒に詰めよう」

「……この状況でそれは私たちにとって有利すぎるわ。元々私はラアちゃんの怪我さえ治せれば彼女たちに危害を加えるつもりはなかったんだから〜。それともやっぱりエッチなことを要求するつもり？」

アラクネの発言に私たちの注意がより強くアレンに向く。

彼も男だもの。そういうことに興味があってもいまさら失望なんてしないわ。

ただ、その……私たちには手を出さないくせに、アラクネとはそういうことをしたいのかしら？

エンシェント・エルフ――美の象徴を前にして？

それはちょっと、いえ、ものすごく癪というか。筋が通っていないというか。

できるかぎり怒りを表に出さないよう努めていたのだけれど、

「それじゃ二人の糸を定期的に譲ってくれないかな？」

あろうことかアレンは口にしてはいけないことを言ってしまった。

ブチッ。

頭の中で何かがキレてしまった私は口を引き攣らせながら、真意を確認せずにはいられない。

「アレン……どういうつもりかしら？　奴隷とはいえ、今回は説明を要求させてもらうわ」


【ノエル】


アレンの飄々としたところに興奮していたのも束の間。

彼は私の尾を踏んだ。まさかアラクネに対して糸が欲しいと言うとは思わなかった。

私たちは女としての魅力がないと言われたようで癇に障る。

「説明を求める」

【アウラ】

興奮冷めやらぬとはまさにこのこと――、

「それじゃ二人の糸を定期的に譲ってくれないかな？」

って、えええええ⁉

どっ、どどどどういうつもりですの⁉

お二人に対して糸が欲しい⁉

まさか交渉の内容は「俺の女になれ」ってことですの⁉

アラクネに対してそれは求婚ですわよ⁉

ああっ！　シルフィとノエルちゃんからドス黒いオーラが滲み出ておりますわ！

お二人はアレン様をお慕いしておりますし、説明が必要ではなくて⁉

【アレン】

「あら。あらあらあら。見かけによらず情熱的ね～。どうするラアちゃん」

「どうするってお前……！」

糸を分けて欲しいと言う提案に対してネクは妹のラアを揶揄うように確認する。

なんだろうこの感じ。

あれ？　俺また何かやっちゃいました？

「アレン……どういうつもりかしら？　奴隷とはいえ、今回は説明を要求させてもらうわ」

「説明を求める」

おかしい。さっきまで無条件肯定タイムだったはずなのに雰囲気が一変してる。なにこれ。呆れと苛立ちが充満した火薬のような匂い。アレン、こんなの知らない！

【再生】と引き換えに糸を提供して欲しい。自分の中では妙案だと思ったんだけど……。

美人アラクネ姉妹の反応といい、何か違う気がする。

俺はアウラペディアで確認することにした。この雰囲気の正体を教えて欲しいと目で懇願する。

彼女は若干苦笑を浮かべながら、

「殿方からアラクネに糸を欲しいと伝えるのは、その——求婚にあたりますわ。まさかご存じない？」

ふぁぁぁぁぁぁぁぁぁぁぁぁぁぁぁぁ！

それライトノベルや漫画でよく見るお約束じゃん！　なんでだよ！　なんでこういうところだけテンプレなんだ！

現状を整理しよう。無能のご主人様は一瞬で連れ去られてしまう。

奴隷総出で救出しに来てくれた彼女たちをよそに、あろうことか拉致犯に求婚してしまうという。

「まあ、そのなんだ……ラア様にとって恩人になるわけだし無下にはできねえよな。とはいえ、出会ったばかりの男だ。まずは友達からってことでどうだ？」

しかもフラれてんじゃねーか！

今一番欲しいもの？

……タイムマシンかな。

☆

「ようアレン！　今日も納品しに来たぜ！」

100キロ以上の繭を担ぎ、修道院にやって来たのはアラクネのラアだ。

色んな意味で事件だったあの日から数週間。ラアの怪我は俺の【再生】ですっかり元通りになっていた。

気さくで活発的な彼女の乳揺れがとにかく素晴らしい。

見ちゃダメだと思ってもどうしても目線が行ってしまう。いかん、自重しなくては！

アラクネたちは【魔眼】が開眼する数少ない種族であり、ラアも所有していたらしい。眼球こそ再生できたものの、そっちは失ってしまった形だ。

ふむ。【再生】も万能ではないのか。一つ勉強になった。

女神「容量さえあれば【魔眼】も再生できたんですよ？」

しょせん俺は８ＭＢの低スペックだと言いたいのか、こんにゃろー。

あれからというもの俺たちの間では互いにメリットがあるビジネスライクな関係が構築されていた。

修道院の裏山は元々ネクとラアの縄張りだったらしい。

帰省した森の先が騒がしく、偵察に極小蜘蛛を向かわせたところ、俺が破損した奴隷たちを再生していく映像が撮れてしまったと。

それを見たネクが可愛い妹のために拉致を決行した、という流れだった。

アラクネは蜘蛛系モンスターの頂点。配下は大群だそうだ。

彼女たちの糸こそ最高級品で量が限られているものの魔物たちが出す糸なら有り余っていると言っていた。

【聖霊契約】の内容は以下の通り。
①シルフィたちが危害を加えない限り、アラクネ姉妹は武力を行使しないこと。
②俺はラアの目と脚を再生させること。
③アラクネの糸は最高級品のため、四半期に一度の提供とする。ただし、配下である蜘蛛系モンスターの糸を大量納入。
④蜘蛛系モンスターの餌を提供する。
ちょっとした貿易である。ちなみに④は俺がアラクネ姉妹にパンやポテトチップスを振る舞ったところ、好評であったため追加したものだ。

目の保養や商売面において長ーいお付き合いをして行きたい俺は奴隷たちの利益を確保した上で糸の対価も還元していきたい。

かつては、俺だけ幸せならそれでいい！　だって異世界転生者だもん、という現地人にとって迷惑極まりない存在だったが、食っちゃ寝ラッキーボディタッチリバーシという満たされた生活のおかげで分け与える余裕が生まれている。

もちろん水面下では奴隷解放計画（リストラ）が進行中なわけで、良いご主人様ではないことは百も承知だが、シルフィ財務大臣が許す限り、衣食住と給料を保証したい所存。

これを成長と分配と言います。新しい資本主義とも。

もちろん俺は何一つ成長していません。しているのはシルフィを始め奴隷のみなさんです。分配されているのも俺の方でした。

無能でごめんなさい。文句があるなら女神にどうぞ。俺は悪くない！（開き直り）。

蜘蛛の魔物たちは伝達器官の発達により指揮系統が張られており、ラアやネクの命令は絶対遵守とのこと。

おかげで、小さい蜘蛛から大きい蜘蛛、中には人間サイズからその数倍の蜘蛛が修道院に姿を見せることもある。

彼らの目的はシルフィ率いるエルフたちの植物である。特に芋が大好物だ。

じゃがいもというのは人間の排泄（はいせつ）物を肥料とした土壌でも育つほどで、痩せた土地でも収穫できる優れた食用植物である。

懸念される連作障害（同じ作物を同じ畑で育て続け栄養が不足すること）もドワーフの錬金術で発明した肥料を土魔法で浸透させることができるため、【無限樹系図】で描出されたエルフたちの【発成実】で十分賄える量が栽培できる。

当初こそ蜘蛛の魔物に抵抗があったエルフたちもしばらくすると慣れてしまった様子。

中でもドワーフたちの感性は独特だった。

「ラア。その子に餌をあげたい。いい？」

納品にやってきた彼女に気がつくや否や大好きな開発を中断し、俺たちの元にやって来るノエル。

騒ぎを聞きつけたドワーフたちがわらわらと集まる。

「おう。いつもありがとうな」

「礼には及ばない。むしろ感謝するのはこちら」

とノエルはラアが乗っていた巨大蜘蛛に餌を差し出す。

彼女が手に持っているのはスナック菓子である。第二弾として棒状に成形して揚げたものである。

見た目はじゃ◯りこ。パクってすみません。

それを臆することなく巨大蜘蛛の口に近づけるノエル。

巨大蜘蛛と無機質美少女。不思議な光景だ。もしかしたら波長が合うのかもしれない。

ボリボリと心地良い咀嚼（そしゃく）音と共に棒状のスナック菓子が次々になくなっていく。

「……可愛い。目が好き。宝石のよう」

ジーッと目を凝視しながら愛玩動物のように巨大蜘蛛を撫で回すノエル。

怖くはないんだろうか。

ただ間違いなく一つ言えることがある。

ドワーフが蜘蛛のモンスターを猫可愛がりする光景は和む。俺の新しい楽しみになっていると言っても過言じゃないほどには。

俺としても取引先の相手と仲良くしてくれることは願ってもない。

「それでその……あんたのボスの機嫌は、どうだ？」

とラア。申し訳なさそうに、それでいて心配そうに聞いてくる。

「あっ、うん。その……うん。あのー」

「悪いな。ラア様とネクが早とちりしちまったせいで」

「いや、あれは俺が悪いからラアは気にしないでいいよ。むしろ謝るのはこっちだし」

あんたのボスとは言うまでもなくシルフィのことである。

奴隷なのに？　ノンノン。もはやボスですよボス。それもＢＩＧＢＯＳＳ。

もはや俺の方が様をつけないといけない勢いである。

求婚という誤解は奴隷たちを始め、ラアやネクたちにも解けている。

あのあと本当に糸を分けて欲しかっただけだったことを熱弁した。

アラクネの前でそれを口にすることの意味を知らないからこそ、拉致や拘束の被害者である俺だけが、お咎めを気にすることなく代わりに要求できた——すなわち、あのとき、あの場所、あの条件下で俺にしかできない交渉だった、などと苦しい言い訳——げふん。機転を働かせてみせたのだ。

納得の行ってなさそうな表情ではあったものの、なんとか事なきを得たというわけである。

ただし。

あれからというものシルフィはより商売に精を出すようになっていた。

「このままだと傍にいる資格がないわ」と呟いていたのを運悪く聞いてしまった俺の気持ちを考えて欲しい。

一日八時間しか眠れなくなった。パンと芋と豆しか喉を通さなくなった。美味しい。

働く気力も失せてしまい、相変わらず二の腕や背中のぷにゅんというお胸の感触を楽しむことしかできなくなってしまった。

精神科に診察受けに行ったらどういう病名になるのだろうか。統合失調症かな。心の病気だよね絶対。

このままじゃいけない。どこかのタイミングで惚れ直してもらえるような活躍をしなくちゃ！

このままだと（アレンがシルフィの）傍にいる資格がないってことですよね!?

俺の焦りとは対照的にシルフィはジャぱんやスナック菓子でまたしても財産を築いている。

アレン、自分のことなんていうか知ってるよ。寄生虫！　残念だったな虫野郎☆

一流の女のヒモと言えば聞こえは良いかもしれない。いや、全然良くない。最低のクズ野郎じゃねえか。

しかも「商業ギルドからの独立も視野に入れているわ。いいかしら」とのこと。

早すぎないだろうか。

一体何がシルフィをそこまで生き急がせるのか。

あっ、俺を早く捨てたいんでしたっけ？

……いっ、嫌だあああぁぁぁ！

捨てられたくない！　俺はまだ美味しい汁を啜って生きていたい！

あれだけのいい女を手放してたまるか！

シルフィにばかり商業ギルドで働かせてはいけないと感じた俺は、新たな開発にようやく着手することにした。

この俺があの重たい腰を上げたのである。

ちなみにこれを女を物で釣ると言います。辛い。マジで捨てられる3秒前。

俺の発案、設計、監修、助言を元にノエルたちには紡績機の開発を依頼している。

諸君は服が何でできているか知っているか？　俺？　俺は知らなかった！

某ポエム大臣風に言うと「服の原料って糸なんです。これ意外と知られてない」である。

いや、知ってるからァ！　国民舐めんなァ！　トップになったら国潰れんぞ！

しかし、実際のところ物が何でできているのか、知らない子どもたちが増えてきているらしい。

さすがの俺も刺身の状態で海を泳いでいると思っていた、と聞いたときは驚いたものである。

俺が服に興味を持ったのは教科書ではなく街を歩く女性である。

ただでさえ可愛くてえちえちの彼女たちはあろうことか服という凄まじい装備を身につけている。

セックスアピールのお姉ちゃんやきゃわわな女の子がさらに可愛くなるためドレスアップするので

ある。

彼女たちをより最強にさせる服とは何だろう、何でできているんだろう、原料は何かな、下着は何色かな、どんな柄かな、と興味関心が尽きないのはもはや自然の摂理ではなかろうか。

さらにたいていの女の子はおしゃれが好きである。これは経済が生んだ最高の発明——最強のＷＩＮＷＩＮであると俺は確信している。

女の子は服を吟味し、ショッピングやおしゃれを楽しんだ上で着飾る。

キュートorセクシーが天元突破したそれを男は目で楽しむことができるという。

だからこそ俺は服を編むことにした！　俺から離れられないようおしゃれという最強の手札を切ることにした。

シルフィたちはより魅力的に、俺は目が幸せに、さらに娯楽の少ない異世界の経済を回すというあらゆる面において光の側面しかない！

これは——胸が熱いですな！

☆

【ネク】

「〜♪」

アレン。面白い男だわ～。

森の中に張り巡らせておいた罠。

仲間たちがそれを潜り抜ける時間を稼いでいたなんて。

さらに交渉と称して拉致の賠償、アラクネの糸を引き出した。

本当なら求婚し、結ばれないかぎり、入手できないアラクネの糸を。

美味しいところだけ要求するなんて見た目に反して抜け目がないわ～。

戦闘力こそ脅威になりえないけど、あの頭のキレには注意が必要かしら。

それにあの種族の壁を感じさせない信頼関係。

まさかただの人間がエンシェント・エルフ、エルダー・ドワーフ、ハイ・エルフに慕われるなんて。つくづく罪な男ね～。

結局、シルフィたちに手を出さないことを【精霊契約】で結ばされたわけだし、ぜーんぶ彼の掌かしら。

とはいえ、【再生】のおかげでラアちゃんも元通り。一方的な要求というわけでもないし、対等な関係を築こうとしているところがまた憎いわね～。

性格がいいラアちゃんもすっかりアレンを気に入っているようだし、周囲を心酔させる魅力が備わっているってことかしら。

悔しいけれど、たしかに彼の動向は気になっちゃうわ～。

【九尾】


「ネクがご機嫌なんて珍しいでありんす。何があったのか教えておくんなんし」

【色欲】の魔王であるわっちの元に帰ってきた幹部ネクが鼻歌混じりでありんす。

「そう～？　私はいつも通りよ九尾ちゃん」

「つれんこと言わんとはよう教えてくださいまし」

「たしか魔王枠が一つ空いてたわよね。一人面白そうな男がいたわ～」

「へえ。どんな男でありんす」

この世界には魔王は七人。ちょうどひと枠【怠惰】が空白になっているんでありんしたな。

魔王は現魔王が候補者として推薦、選考。

わっちの場合は遊郭を始め、人間の色と欲を支配した魔王でござりんす。

「ただ～」

「勿体ぶらずにはよう間夫（色男）の詳細を言いなんし」

「それが人間なのよねぇ」

「人間!?」

そう言えばわっち、人間の男と姦通したことはなかったでありんすな。

わっちは舌で唇を舐めながらネクを問い詰めるのでありんした。

野暮かどうかこの目で確認したいでござりんす。


【アレン】


軟禁(なんきん)されましたアレンです。

異世界転生者多しといえど、こんな冒頭から始める主人公って俺だけと思いません？　最弱すぎんぞ。

美人アラクネ姉妹の拉致事件が落ち着いたとはいえ、まだまだ記憶に新しい中、今度は軟禁ですか……へいへい。

軟禁された経緯が聞きたい？

もしかしたらお前に原因があるかもしれねえだろって？

やれやれ、まさか俺の方が疑われているとは。心外です。

ラアから蜘蛛の糸を仕入れた俺はノエル&ドワーフたちにジャカード織機(しょっき)の発明を追加依頼。

感情があまり表に出ない彼女たちだが、

「面白い」「やりたい」「造りたい」「私に一任して欲しい」「抜け駆けは良くない。公平に決めるべき」と、むしろ奪い合うまでに発展。

俺も手伝おうかと確認したのだが、「「「座って（待ってて欲しい）」」」と突き放された格好。

やはり開発・発明は彼女たちの職域ということだろう。錬金術のスキルさえ所有していない俺は何の役にも立たないということか。

案の定、不貞腐（ふてくさ）れた俺はエリー、ティナ、レイ三人と仲良く将棋を指すことにした。

二の腕柔こ！　調子に乗った俺はジェンガの勝者は敗者に一つだけ何でも命令できることにした。

白状します。おっぱいを揉んでみたかったんです。

結果はもちろん俺がガシャガシャガシャ！　である。涙目。

自然に愛されたエルフは【風】の操作が抜群に上手く、触れることなく一片を抜き取ることができる。

おかげで「これなんでまだ倒れてないの!?」と叫びたくなるような、まさしく芸術の極みのような状態で俺のターン。

いつになったら俺はみんなのパイパイを楽しめるんだろうか。

仕方ない。紡績機と織機が落ち着いたら新たな娯楽品をノエルたちに提案してみよう。

以前、俺は彼女たちドワーフに「働かせ過ぎかな？」と聞いたことがある。

モノづくりが本懐であった彼女たちにはそもそも働いている意識がなかった。

「全く」「全然」「大丈夫」「畑仕事よりもっとモノづくりをしたい」「その方が楽しい」「開発したいものがあれば遠慮せず言って欲しい」

私たちにドワーフとして生きさせろという圧が凄かった。

労働力を搾取するつもりで奴隷を買ったとはいえ、彼女たちが楽しく生活し、さらに俺も美味しい思いができるなら継続するべきだろう。

俺は彼女たちにはモノづくりをして欲しいこと、畑仕事などに異動しないことを約束した。

ドワーフの奴隷全員が抱き着いてくれるというラッキースケベが発生した。一体この柔らかい全身のどこに開発し続ける体力、腕力があるのだろうと心配になったが、控え目に言って最高でした。

美少女の躰は幸福の感触すぎて天に昇天してしまいそうだったのはここだけの話だ。

我が生涯に一片の——いや、えちえちするまでは死んでられるか。

そんなわけで俺は彼女たちの発明・開発にかかる資金に糸目をつけないことにした。

そうそう。俺とシルフィ&ノエルの口座は切り離すことにした。

なにせ奴隷の権利は主人が自由にいじることができる。

さすがの俺もシルフィたちエルフの【発成実】による植物栽培、商業ギルドでの敏腕っぷり（とうとう独立した！）、ノエルたちドワーフの発明・開発による報酬を独り占めするわけにはいかない。

そんなことをすればいずれやってくる奴隷解放実行時(リストラ)に「お命、覚悟！」となってしまう。

なるほど。搾取する側もただやればいいというわけではなく、上手く立ち回らなければしっぺ返しが待っているというわけか。キチィぜ。

というわけでシルフィとノエルの口座をご主人様である俺が勝手に作り、彼女たちの働きに応じた報酬はそこに入金されることになった。

これで見捨てられたら俺は死ぬ。贅沢は言わないので寄生させてください。

そんなわけでとうとうお金の管理さえもシルフィ様に丸投げしてしまった（ノエルはシルフィに絶対の信頼を寄せている。二人は相談の結果、シルフィの口座に一元化して管理することにしたようだ）。

すなわち俺は村長室でお腹(なか)をぼりぼりかきながらシルフィとノエルから定期的に歳入報告を受けることになったのだ。

だからこそ糸目をつけない、などと言えば会計管理者としての立場を想起させるものだが、実を伴わない形だけの肩書きである。

全ては陰の黒幕、シルフィ様に絶大な権力が集中しつつある。

いつの日か「さようならアレン。あなたはもう用済みよ」などと魔王化しないことを願いたい所存。

シルフィに「ノエルたちのモノづくりにかかる経費はできるだけ工面してあげてね。その分俺の給料はどれだけ引いてもいいからさ」と告げたところ、

「えっ、ええ……」

とすごく微妙な顔をされた。そもそもお前の給料ねえよ。サラリーって労働の対価なんだよ。頭にウジ虫湧いてんじゃねえのか？　と思われているのだろうか。

たしかに全く働いていないのに口先だけ立派だもんね俺。

奴隷たちの最高管理責任者であるシルフィさんからすれば「おめえも働けや、殺すぞ！」とか思

われていそうだ。

早く織物を！　早く織物をシルフィさんにプレゼントしなくちゃ！　感謝をきちんと言葉にしなくちゃ！

なんやかんや時間が流れ（その間、食っちゃ寝ラッキーボディタッチリバーシの記憶しかない）ノエルたちドワーフの傑作、紡績機とジャカード織機が完成した。

褒めて欲しそうに見えたので（少なくとも俺にはそう見えた）みんなの頭を撫でてみたら（下心100％でしたすみません）いつの間にか行列ができていた。

しかも彼女たちが発するのは「ん」だけである。これでこのあとノエルたちを含むドワーフ全員に「セクハラされました」などとシルフィ大元帥に訴えられたら俺は死ぬ。社会的に。いや、物理的に。

ラアが納品してくれる蜘蛛の糸は生糸に近いと判断。

ノエルたちの発明品を使って絹織物をプレゼントすることを俺は決意した。

高級感もあるため、シルフィ会長の機嫌もきっと良くなると思ったからだ。

たて糸を織機にかけるための準備、整経。

さらに撚糸――よこ糸に撚りをかける作業。

諸君は織物がどうやってできるかご存知か？

俺？　俺はもちろん知らなかった――思春期になるまでは。

女の子の魅力を倍増させるドレスアップはどのようにして実現されたか。

それが俺が服に興味を持った最初のきっかけだった。

つまり、この世に女の子が存在しなければ俺は織物のおの字も知らず、一切の興味関心を示さなかっただろう。

やはりHとエロは偉大だったか。HとERO。HERO――ヒーロー――英雄。

は？

話を戻そう。

織物はたて糸とよこ糸を交互に組み合わせて布にしたもの。

ちなみに編物は波のようにたるませた糸に次の糸を引っかけた布のこと。

後者は伸縮性＋保温性に優れているので肌着やセーターなどに使われているそうだ。諸君、肌着やセーターである。見たくはないか？　えっ、お前のは見たくない？

当たり前っしょ！　シルフィやノエル、アウラや奴隷のみんな、アラクネ姉妹のをだよ！

くくく……このアレン様が善意だけで衣服に取りかかるわけがなかろう。侮るでないわ！

とはいえ、編物は綿が手に入ってからでも遅くない。楽しみは後に取っておこう。

前世では大好物は最後に食べる派だ。さあ、というところで「残すなんてもったいなーい。お兄ちゃんのエビフライ私が食べてあげるね♪」とハイエナのごとく俺から奪っていく美月ちゃん。

「育ち盛りだから……ね♡」

それ万能じゃねえからな。それ言ったら何でも許されると思ったら大間違いだ。

さすがの俺も育ち盛りまくってるそれを「揉むぞ」と言ってやった。「もう仕方ないなー。それじゃお風呂行こっか」と返されたときはトランス状態に陥ってしまった。危うく現役巨乳ＪＫ妹と混浴するところだ。

恐るべし美月(みつき)ちゃん……！

そんな前世の記憶も思い出しつつ、たて糸とよこ糸を織機にかけて生地を織る。

これを製織(せいしょく)と言います。俺が本当にしたいのも生殖と言います。

続いて精錬——よごれを洗います。アレンさんは火魔法も、水魔法も発動できないのでエリーさんたちを召喚。「ふふっ。任せてね」と髪を耳にかける仕草が色っぽい。

さらに水洗い、脱水してから乾燥。

火魔法と風魔法を同時発動すればできるとのことです。それなりに高等技術らしいですが、【無限樹系図】を描出され、覚醒した奴隷たちなら簡単だそうで。

ちなみにアレンさんはできません。

はぁーあ！（大きいため息）。

あとは乾燥して、幅と長さが縮んでいる生地を風圧と風力を自在に操作しながら一定の長さに整える。幅出しです。

もちろんアレンさんはできません。

はぁーあ！

さて、そんなわけで絹織物の完成です。

ここで真打ち、ラアの登場！

「面白そうなことしてるじゃねえか。ラア様に任せな」

結論から言うと染織（せんしょく）の天才である。さすがアラクネ。「染める」「織る」「組紐（くみひも）」「刺繍（ししゅう）」と抜かりありません。

俺がどんどん霞んでいく。

だが、そんな無能にも数少ない長所の一つに女性の身長、スリーサイズ、脚の長さを服の上からでも誤差の範囲で測定できるというものがある。

これをアレンさんの魔眼【ぜんぶ視（み）えてるぜ】と言います。もちろんそんな魔眼はありません。

俺は脳裏にシルフィのお美しい姿を浮かべ、演算に入っていく。8MBの俺もこのときばかりは世界最速のスパコン【富乳（ふにゅう）】となります。

演算したサイズをラアに伝える。

素材は絹、かつ脚の長いシルフィの魅力をより高める衣装とくればチャイナドレス一本でしょう。高えり、スリット、装飾用ボタンが特徴のあれです。

「ラア！　スリットは深めに！　もうちょっと！　もうちょっと深めに！」

生脚が見たいんです！

「おっ、おう……」

俺の熱意に気圧されたラアが若干引いている気がする。

そんなこんなでチャイナドレスが完成！

それを持ってパタパタパタパタ！　と帝都から帰って来られたシルフィさんに感謝の気持ちと共にプ

レゼント！

「素敵な衣装ね。ありがとうアレン。大事にするわ」と見た感じ喜んでいる様子。

アレン、調子乗ってた。

「今すぐ着て欲しいな」

気がついたら着用するよう促してた。

「何これ！　すごいわ！　想像以上の肌触り！　サイズもぴったりよ。あれ？　でもどうして測定もせずにここまで――いえ、それよりもこんな生地が帝都に知れ渡ったら……！」

ふわぁぁぁぁぁぁぁぁぁぁぁぁぁぁぁぁ！

チャイナドレスシルフィさん、ちょっと破壊力ありすぎませんかね!?　凄まじい威力なんですけど！！！！

シルフィさんのチャイナドレスに骨抜きにされてしまっていた俺は彼女の呟きを拾うことができず、ただただ、スリットから覗く美脚を堪能してしまっていた。

ようやく現実に帰還することができたのはチャイナドレスシルフィ、アウラ、ノエル、ラア、ネク（なんかいつの間にか遊びに来ていた）が集まり、何かを話し込んだあと、唐突にこう言われたときだった。

「アレン。悪いけれどあなたはもう帝都に出入りしない方がいいと思うわ」

「アレンは修道院に籠もるべき」

「シルフィ、ノエルちゃんに賛成ですわ」

「まあ、ラア様も妥当な判断だと思うぜ」

「そうね～」

気がつけば俺はご主人様という立場でありながら（アラクネ姉妹は違うけど）、外出時はシルフィさんたちの許可が必要になっていた……これ軟禁じゃない!?

生脚を堪能したいという欲望を隠せなかっただけで性犯罪者予備軍扱いですか。

まあ、ご主人様が罪を犯した場合、その被害は奴隷たちにも及ぶもんね。

修道院で監視したい気持ちも、まあ、わからないではない。

だが覚えとけよ！　帝都で目の保養を禁止するというなら、修道院に籠もりながら次々に衣類——ブラジャー、パンティー、黒ストッキング、ニット、（童貞を殺す）セーター開発して、チミたちに着用してもらうからね！

「あなたの身の安全を守るためよ」

いくら俺でも命を狙われるほどの変態じゃねえよ！

チャイナドレスシルフィ、キミには失望した！！！


【シルフィ】

私の主人——アレンという男を説明するのは一筋縄ではいかないわ。

普段の言動と佇まい。これは誰がどう見てもド三流。

私たちエルフから提供される植物を食べて寝て。ノエルたちドワーフが開発する娯楽品で遊んで寝て。

食べる、寝る、排泄、遊ぶ。

彼がしていることと言えば今言った四つぐらいのこと。

誰がどう見てもヒモね。女の敵。ダメ男という表現ですら生温い。

全く予想してない場面で張り合ったり、子どものような言動で私たちを困惑させたりと、母性をくすぐってくることも多い。

これがもし計算の上で成り立っているなら色んな意味で怖いわね。

ただ、ここで大切なのは奴隷全員が誰一人アレンを本気で嫌っていないという驚くべき現実。

むろん訝しんでいる娘もいたわ。どうして奴隷に対して好環境を提供してくれるのだろうか、と。何か裏があるんじゃないかって。

その気持ちは分からなくもないわ。私だって最初は半信半疑だったから。

間違いなく一つだけ言えることはアレンは独占や搾取からは遠い存在であること。

そもそも娯楽が少ない世界で娯楽品が流行らないわけがない。そんなことはＩＱ皆無の猿型モンスターだって理解できる。

つまりアレンはいつでも大富豪になれる叡智がありながら、それを無償で奴隷たちに託したということ。

その証拠に彼は娯楽で命令権を譲渡させたがる。勝者は敗者に一つだけ何でも好きなことを命令できる、というあれね。

おそらく主人と奴隷という関係性がある中で私たちに主導権を持たせるための策。

今では奴隷たちの間でもアレンが勝つつもりが微塵もないことは把握している。

だからこそ私は奴隷たちに忠告をした。娯楽品でアレンが敗北することは予(あらかじ)め決まっていたことで、むしろ仕組まれているのだと。

命令権を譲渡し、奴隷たちが主人に対して何を命令するのかを試しているのだと。

対局時の実力がアレンの本気？　笑止千万。さすがにそれはないでしょう。

だからこそ私は奴隷のエルフたちにここぞというときまで命令権を温めておいた方が良いと伝えた。必ず、何か意味があるから。

彼には驚かされてばかりよ。

そもそも無欲が過ぎるわ。

ノエルに開発させたものを私に商売させる。ここまではわかる。これこそ主人と奴隷の本来の姿だ。問題はその報酬。

いよいよアレンは私とノエルの口座を開設し、そこに叡智の対価を入金させると――恩着せがましく説明するわけでもなく、さも当たり前のように伝え、そそくさリバーシに向かう。

ありえない。彼の言動がわからない。引き離されないよう必死に思考を回転させる。

少なくとも私とノエルが資金管理を任された事実は――信頼に値する存在ということよね……ふ

ふっ。そうだとしたら、嬉しいわ。えへへ。

いやいや、なに乙女ぶっているのよ。らしくないわよシルフィ！　しっかりしなさい。

頭を振って思考を再開させる。

アレンは奴隷全員に労働力の対価を報酬という形で支払うと宣言した。

奴隷たちへの給金額を案で示したところ、「えーと、あと五倍ぐらい多く出せない？　いや、三倍！　二倍でもいいから！　むっ、難しいかな？」

まるで完済により奴隷でなくなる方が都合が良いような発言。

私は不覚にも呆気に取られて言葉が出て来なかった。

さらに収支管理を私に一任したアレンは支出面に関して意見することをひどく嫌うように見える。どことなく機嫌を窺うような言動というか、私に気をつかっている雰囲気よ。

娯楽品の使用料、ジャぱん&ポテトチップス（アレン命名）により、収益は莫大。

本来奴隷たちに報酬を与えること自体、聞いたことがないからこそ、給金額も低く設定していた。

だからこそアレンの言った通り、本当なら五倍の給金だって支払えるわ。むしろ簡単に。

けれどこの分配するという発想がそもそもありえないの。

歳入は1ドールたりとも漏らさず報告。きっと知能指数が足りない奴隷だと、誤魔化したり、場合によっては目にしたことのない大金に目が眩み逃げ出すことも考えるに違いないでしょうね。

でもそれははっきり言って愚の骨頂。

アレンがそれを見抜けないわけがない。普段の彼は爪を隠すために作られた仮初めの姿なのだから。

次に胆力。

これには私もド肝を抜かれたわ。

彼はアラクネ――それも【色欲】の魔王幹部に誘拐されておきながらいつもの子供じみた、それでいて全く掴めない言動で余裕を見せつけた。

彼はパン作りのとき、己は魔法を発動できない、ストックしておいたものしか取り出すことができないと弱点を明かしてくれた。

有事の際、戦闘方面では非力であると。

己が攻撃手段を持たない。

それはどれだけ心細く、頼りないことだろう。それを奴隷に打ち明ける度量の大きさ、そして、何かあったときには頼らざるを得ないと示唆する勇気。

さらにいざその場面に出くわすと、私たちの安全を保証するため交渉しつつ、時間稼ぎまでやってのけてしまった。

彼は――アレンは私が救出に来るだろうと信頼し、有利な戦況に持ち込めるよう、エルフたち全員に【無限樹系図】を描出するまで交渉に徹した。

植物の栽培が間に合っていた私は眷属（けんぞく）化とも呼べる【無限樹】の発動を厳選していた。これは完全に私の失態だった。

しかし、アレンはそれを攻めるどころか、攻撃魔法を持たず、全身を繭に包まれ無力化された中

で決して臆することなく、己のやるべきことを徹底、極め付きは――、

「やれやれ。ヒヤヒヤしたけど計算通りかな」

このときばかりはさすがの私も鳥肌が立ったわ。土埃を払いながら、大したことなさそうに言うアレンの姿はギャップ名場面集でも上位にランクインするほど。

なにせ【色欲】の魔王の幹部アラクネでさえ出し抜かれたことをその場で認識するほどだもの。

正直に言えばその「カッコ良い……！」と目がハートになっていたことは秘密よ。

場を弁えず、メスが顔を出してしまいそうになる私とは対照的にアレンがこの事件で練った作戦の全貌が明かされていく。

まさかアラクネに性行為を要求するつもり!?――なわけもなく。えっ、求婚!?――やはり、そんなわけもなく。

彼は【再生】の引き換え、拉致事件を不問にする代わりにアラクネたちの糸の譲渡を引ヽき摺ヽり出ヽしヽてヽきヽたヽ。

これには本当に痺れたわ。時と状況が違えば「素敵！　もう抱いて！」と迫っていたと思うわ。はしたない女かもしれないけれど。

やはり、魅せるときは魅せるのねアレン。

もしかしたらただ食っちゃ寝しているだけの怠け者なご主人様かもしれない。そういう思考がよぎったことがないと言えば嘘になる。

けれど今度こそ確信した。決心もついた。彼は王になれる器の持ち主だ。上に立つべき存在。

そして決断のとき以外は爪を隠し続ける彼の日常を守るために、私はこれまで以上に意識を高く持たないといけないわ。

「このままだと傍にいる資格がないわ」

私は気を引き締めなおす。

「さようならシルフィ。君にはがっかりだ」なんて言われたくないもの。

「商業ギルドからの独立も視野に入れているわ。いいかしら」

私にできることは何か。

まず植物の栽培――【発成実】や木魔法は【無限樹系図】描出で他のエルフたちに譲るべきね。

彼女たちを信じて一任する。

固有スキルだからって出し惜しみして渋っている場合じゃない。

叡智を何の抵抗もなく授けるアレンの姿を見ておいて、私はまだエリート気質が抜けていなかったことを自覚する。私は一体これまで何を見て来たのかしら。

そうそう。アレンの人を見抜く眼は素晴らしいわね。

拉致という犯罪事件に巻き込まれておきながら、色眼鏡や感情を切り離し、冷静にアラクネ姉妹の動機や人柄を暴いてみせた。

手段こそ決して褒められたものではないものの、姉妹愛が深く、また無条件に他人を傷つけるような女性たちでもなかった。

特にラアの姉御気質はドワーフたちとの相性も良く、すぐに打ち解け、頻繁に遊びにくる蜘蛛系モンスターの統率も驚くほど。

そんな彼女たちと瞬く間にビジネスライクな関係を構築してしまうアレン。

ああ、なるほど。彼は商売をしないいんじゃないわ。あまりに簡単過ぎるからこそ手を出さないだけ。彼は人を教え、導くことこそに価値を置いているのよ。

押さえるべきところは絶対に押さえる彼はアラクネや蜘蛛系モンスターの糸を入手するや否や、紡績機やジャカード織機という、発想自体が金のそれを惜しみもなくドワーフたちに授け、発明・開発を依頼する。

感情こそ表に出にくい彼女たちだけど、アレンに対する好感度は決して低くない。むしろ高いぐらいよ。

ほら、彼に褒められたくてあんなにも志願者が……まあモノづくりが本懐の彼女たちにとっては、アレンの発想自体が興味関心を惹くものなのでしょうけれど。

まずは資金調達で彼がこれから為そうとしている財源を確保しよう。

これまで以上に商売に精を出す私が帝都から帰ってくると、アレンが自ら作成したという服をプレゼントしてくれた。

うっ、嬉しい――――!!!

なんとアレンは私の努力を認め、一番に感謝の気持ちを伝えたかったと言った。言ってくれた。

表情筋がとろけてだらしない笑みを浮かべてしまいそうになるのを、ギリギリのところで気取ってみせる。

「素敵な衣装ね。ありがとうアレン。大事にするわ」

なんて言っているけど内心じゃぴょんぴょん跳ねているのは秘密よ。

えっ？　着て欲しい？　まっ、まあ他ならぬアレンの頼みなら構わないけれど——。

それを身につけた私はまた驚きを隠せない。全く新しい衣服を作成しただけでなく、素晴らしい肌触り。アラクネの糸は最高級品であり、蜘蛛系モンスターのそれも容易く入手できるものじゃない。

それを惜しみなく奮発した服。

どうやらアレン曰くチャイナドレスというらしい。すっ、凄いわね本当に……！

私はサイズがぴったりである疑問も忘れて興奮を隠しきれなかった。

と同時に熱い視線をスリットに感じる私。

あっ、あのアレン……？　しばらくその、男としての視線を感じなくなっていたのだけれど、その……もしかして脚が好きなの？

こっ、今度から脚の露出が多い服にしようかしら、なんてまたしてもメスの思考に陥った瞬間。

「お邪魔するわ〜」

と音もなく現れるネク。

アレンを誘拐したときも感じたけれど、さすが魔王の幹部ね。

驚嘆するほど気配が感じ取れない。

「シルフィ。そう呼んでいいかしら。実はお話があるの〜」

☆

唐突に語られたネクの話によるとアレンが魔王候補として推薦されるかもしれない、とのことだった。

【色欲】の魔王が彼に目をつけたらしい。またアラクネ姉妹である彼女たちにとっても現在の関係は是非継続していきたいとのこと。

なにより織物の天才である彼女たちにとってアレンの発明チャイナドレス、紡績機、織機は本能を揺さぶられるほど魅力的であり、ご相伴(しょうばん)に与りたいと本心をストレートに伝えてきた。

チャイナドレスの感想は姉妹曰く、

「おいネク！　凄えぞこれ！」

「ええ、そうね。私もゾクゾクするわ～」

とのこと。

衣類など、アレンの叡智を借りることができるなら彼女たちの縄張りであった森の利用を【聖霊契約】で結んでも良いとのこと。

さらに条件次第では所有権そのものを譲渡することも考える、とのこと。

また、【聖霊契約】を結んだ場合、蜘蛛系モンスターが24時間３６５日体制でアレン保護を目的として監視体制を敷くのもやぶさかではないとのこと。

アレンの戦闘時における無力を目の当たりにした私は風魔法を利用した結界を張ることも考慮していた。

風の目を利用すれば死角なく修道院の周囲を監視することができる。

そこに熱を感知することができる蜘蛛系モンスターの目と森中に張られた糸が振動となって侵入者を察知できるとなればほぼ完璧な監視体制が構築できるでしょう。

正直美味し過ぎるその好条件に裏があると確信した私が訝しんでいると、【再生】の噂が外に広まれば、間違いなく【色欲】の魔王以外も接触してくることが想定され、場合によっては勇者や賢者、剣聖が押しかけることもありうる、と説明し始めるネク。

ネクたちからすると、良好な関係が築けつつある現況を他の者に邪魔されたくない上に、もしものときはアレンのチカラに頼りたい、という本音をストレートに補足してくれた。

両者のメリット・デメリットを包み隠さず、正直に打ち明ける交渉には好感が持てるわ。

もちろんそれらを決めるのは私ではなくうちのボスだけれど。

アレンも己の偉大なチカラを承知しているからこそ人目を避けて【再生】の発動をしているはず。【色欲】の魔王に目をつけられたからこそ、その動向に目を光らせている勇者たち諸々の動きも活発化する恐れはある。

なによりアレンは戦闘面においては抵抗の手段を持たない無能だ。

そんな彼を曲者が跋扈する帝都に出歩かせるのはそれなりのリスクが伴う。

なるほど。悪くない提案ね。

交渉そのものは彼に決めてもらうとして、

「アレン。悪いけれどあなたはもう帝都に出入りしない方がいいと思うわ」

「アレンは修道院に籠もるべき」

「シルフィ、ノエルちゃんに賛成ですわ」

「まあ、ラア様も妥当な判断だと思うぜ」

「そうね～」

こうして私たちはアレンに不要不急不適の外出を避けるよう促すことにした。

風魔法による死角なしの結界、森中に張られた監視蜘蛛のスキル【振動察知】の目。

見ようによっては軟禁ではあるけれど、アレン自身【再生】の脅威は理解しているでしょうし、
私たちの意図も瞬時に把握するはずよ。

【ノエル】


私にとってアレンは恩人。

ドワーフとしての使命・誇りを取り戻させてくれた。

失った肉体を再生してくれたとき、嬉しい気持ちとこれから何をさせられるのか不安があった。

半信半疑という言葉が妥当。

けれどアレンは強制や強要をしない。むしろ自主性や個性を尊重し自由にさせてくれた。好感が持てる。

しびれを切らしたのは私が先。いつの間にか私は彼の役に立ちたいと思っていた。

あまりにも無欲。

希少種のエルダー・ドワーフが手に入れれば、一生豪遊できるのに。面白い人。

最初の頃はこの私と張り合おうとしていた。錬金術のスキルさえ所有していないのに。笑止。

でもそれは彼なりのコミュニケーション。多分。さすがに本気では思っていないはず。

スネたり、対抗心を燃やすアレン。可愛い。この人の奴隷は悪くないかもしれない。

認識を改めなければいけないときがきた。

アレンの叡智がすごい。これまでド三流のへなちょこ脱力主人だと評価していた。

すごい。すごい、すごい、凄い!!

面白そう。いや、絶対に面白い。

造りたい。今すぐ取りかかりたい。ドワーフの血が全身を駆け巡る。

まずは肥料から。

食料植物を栽培するに当たって土に栄養が必要なことはすぐに想像できること。驚いたのはそれが窒素、カリウム、リン酸という三大栄養素だということ。

化学、という学問から得た知識らしい。

アレンの頭をカチ割って叡智を独り占めしたいと思わせるほど面白い。むろんしない。

金の卵を産む鶏を殺すことほど愚かなことはない。なにより彼は恩人だけでなく師にもなった。恩を仇で返すわけにはいかない。

だから彼の近いところで知識や知恵を吸収することを決意した。

農具である鍬を錬成。

アレンがなぜかすごく喜んでいた。畑を耕せるのが嬉しいらしい。可愛い。私も嬉しい。

この頃からアレンは私を搾取するような人じゃないと思い始めていた。

彼に快適な生活を送って欲しい私は【高速錬成】で修道院を再構築。

髪を撫でて褒めてくれた。胸の中に温かいものが溢れてくる。

シルフィの木魔法が威力を発揮するまでは彼が食料を施してくれた。

たくさん食べても怒らないどころか、笑顔を浮かべていた。好き。

どうして奴隷に良くしてくれるのかシルフィと一緒に聞いてみたことがある。

なぜかスネていた。可愛い。

アレンから世界の飢饉をなくしたいと初めて理想を耳にした。驚いた。見ている景色、次元が違う。

そんなことを考えているようには見えないところが凄い。そんな思考を一切感じなかったのに。

引き籠もるようになったアレンが娯楽品を発案した。エルダー・ドワーフの私からすれば製造は簡単過ぎて暇つぶしにもならない。

けれど完成品の価値が高いことは容易に想像できた。面白い。やっぱりアレンは面白い。

リバーシ、チェス、将棋、囲碁、ジェンガ……モノづくりしか興味がないと思っていたけど、ハマってしまう。なかなかに奥深い。

ただ、アレンの実力がへなちょこ過ぎて相手にならない。あとでシルフィに確認したら、彼は勝敗など見ていないとのこと。

さすが。いくらなんでも発案者の本気がこの程度のわけがない。

シルフィは私から見ても異次元の才覚を持つ女性。

アレンのブラックボックス――滅多に見せない真意を感じ取り、最も近いところで支えられるのは彼女しかいないかもしれない。尊敬と信頼を寄せるには十分。

彼と彼女に付いていけば、何か凄いことが起きるかもしれない。そう感じた。

シルフィからアレンの野望を叶えるため奴隷を増やそうという提案。賛成。

飢饉をなくすためには人手が圧倒的に不足している。

シルフィは早い段階でアレンが自主性を重視していることを見抜いていた。

アレンの【再生】を前提に奴隷購入にかかる資金を節約しつつ、忠誠や感謝を抱くような、身体が破損している奴隷を選ぶことになった。もちろん秘めている才覚を見抜くことも忘れない。

アレンの凄いところを目にする機会が多くなり始めた。

飢饉をなくすという大きな野望があるにもかかわらず、奴隷を解放したいらしい。

奴隷たちに労働の対価を支払い、負債を返済させるというもの。

この決定をシルフィは「これがアレンのやり方なのね。強制や強要では大きな野望を達成できないということかしら」

つまり奴隷を奴隷のまま働かせている内はいつか限界や綻びが出るということ。

彼女たちが自由の身になったときにそれでもなお、一緒になって、自ら望む形を作りたい、と。

一体感、連帯感が必要であると。

さすがシルフィ。さすフィ。アレンの狙いをすぐに暴き出すなんて。

アレンも凄かった。娯楽品はこのときの伏線だったのかと思うぐらいにみんなと打ち解けるのが早かった。

ドワーフは淡々としているとよく噂される。モノづくりにしか興味がない、とも。

だから心配はあった。私が選んだ娘たちと打ち解けることができるか。

杞憂だった。アレンはすぐに全員と仲良くなった。今では引っ張りだこ。カッコいい。

特に対局時に負けたときや、時折みせる子どもじみた言動に対して「可愛い」はドワーフの共通認識になった。

案の定、彼の物理や化学、数学といった学問、科学などの叡智に触れられる講義は連日満員御礼だった。ドワーフなら当然。

アレンの叡智は料理にも及んだ。ジャぽんとポテトチップス。舌の中で革命が起きた。

それから突然、何の前触れもなく攫われた。

心が騒ついたのがわかる。心の中でアレンが大きな存在として占めていることを自覚する。早く助けないと。

全てが終わったとき。やっぱりアレンは流石だと感じた。

飢饉をなくしたい野望を抱えるだけあって胆力が凄まじい。

攻撃魔法を発動できないにもかかわらず【色欲】の魔王、その幹部すらも一杯喰わせた。それも私たちの安全を保証するように持っていきながら。

その後、アレンはラアを再生。彼だけにしかできない交渉を経たあと、アラクネ姉妹とビジネスライクな関係でさえも構築してみせた。ありえない。拉致されたことすらも利用するなんてレベルが違い過ぎる。

加えて紡績機とジャカード織機の発案、設計、助言、指導。展開は急。追いつくのに精一杯。

アレンからチャイナドレスはまずシルフィに感謝の気持ちと共に手渡したいことを告げられた。異論はない。

アレンの領域に最も近づこうと行動しているのは他ならぬ彼女。

評価は平等では意味がない。最も成果を出した者に報酬と特権が与えられるべき。私も頑張る。

……ん？　次は私の分を造りたい？

嬉しい。アレン大好き。シルフィの脚をジッと凝視していたのは知ってる。私でよければいくらでも見ていい。

あと、巨大蜘蛛が可愛い。じゃ○りこ食べる？


【アレン】


思いやり。

相手の気持ちを考え、相手が何を望むのか。頭を働かせて接すること。

チャイナドレスを思いついたとき、俺はシルフィを慮っていたつもりだった。

芋と豆、食物を無償で提供してくれるシルフィさん。

無能な俺の代わりに娯楽品で大金を稼いでくれるシルフィさん。

主人公補正しかない【無限樹】で次々に眷属を増やしていくシルフィさん。

でも俺が誘拐されるときはあっさり連れて行かれてしまう、演技派のシルフィさん。

一度は見捨てたにもかかわらず、何か理由があって俺の救出に来てくれたシルフィさん。

俺が食っちゃ寝ボディタッチリバーシして対局で叩きのめされ、スネたときも怒らないシルフィさん。

いい女すぎる……！

だから俺はお外でバリバリ働くシルフィが帰ってきたタイミングで日頃のお礼、感謝をチャイナドレスと一緒に贈ることにした。

結果は——、

「――アレン。あなたは今後命を狙われるかもしれないわ」

あざした。試合終了。解散。かいさーん！

ピー！　ビビビ！（ホイッスルの音）。

諸君、想像してみ？　美人過ぎるエルフにチャイナドレスをプレゼントして日頃の想いを伝えた次の瞬間にこれやで？

拉致された記憶も新しいまま今度は殺害予告。

どないなっとんねん俺の異世界転生生活。

女神「弱すぎ。ワロタ」

しばくぞ。

ええい、もういいよ！　こんな酷い目に遭わすなら俺の思いやり返してよ！

とはいえ、これだけは伝えないと死んでも死に切れないので言いますね。

生脚を堪能しようとしてすみませんでした。シルフィさんのおみ足、最高でした。

反省はしていませんが、後悔もしていません。だってチミ、俺の奴隷だもん。奴隷の生脚見ようとして何が悪いのさ！

どうもみなさんこんにちはアレンです。

ヒロインから「お前の命は風前の灯だ（キリッ）」と堂々と告げられる最弱系主人公とは俺のことよ。

さて、さすがの俺も「怒ったかんな。許さんかんな。お前殺すかんな」と殺害予告をされては詳細を確認しないわけにはいかない。

彼女の恨みを買うようなことは――なくもない。やはり主人と奴隷という関係性にあぐらをかいて働かなかったことが原因だろうか。

生物学的にも雄は雌が安心かつ安全に子育てができるよう兼ね備えた能力を存分に発揮し、魅力をアピールすることで番いになってきた。

一方の俺は下心に目が眩み、さっきまでリバーシで遊んでおきながら、たくさん働いてきた美人に「スリット深めに入れたから生脚見せてよ！」である。

堪忍袋の緒が切れるのも当然というもの。

まさか「お前殺すぞ」と告げられるまで怒りが積もりに積もっているとは夢にも思わなかった。

死を覚悟したときだった。

「【色欲】の魔王が貴方に会いたがっているわ〜。いいかしら」

とネク。キミ、いつの間に遊びに来たんや。相変わらず深そうな谷間ですね。潜らせてよ！

って、ん？　んんんん？

なんかよくわからないこと言ってんな。

詳しく聞いてみると、ネクは【再生】のことをボスである【色欲】の魔王に口を滑らせてしまったらしい。

裏切り者！　この恩知らず！　謝罪としてその豊かな谷間に挟んでもらうことを要求する！

ビシッと言ってやりたかったが、生脚鑑賞殺害予告事件のあとなので自重する。

そうこうしているうちにシルフィの「――アレン。あなたは今後命を狙われるかもしれないわ」の真意がＩＱ85の俺にも理解できてくる。

つまり、今後は【色欲】の魔王を始め、俺のチートに吸い寄せられるように危険人物が集う、と。場合によっては勇者や賢者まで押しかけてくる可能性があるそうな。

いや、なに口滑らせてくれとんじゃ！！！！

クソッ、バカバカバカ！　俺のバーロ！　真実はいつも一つだろ。なんで【聖霊契約】を結ぶときに一番大切な【再生】を口外しないことを加えなかったんだ俺。

女神「逃げるなよアレン。自分の運命から逃げるんじゃねーぞ」

うるせえ。毒薬飲ませてロリ女神にすんぞ。

とはいえ、しゃべってしまったものは仕方ない。覆水盆に返らずだ。そもそもネクさん、キミ魔王の幹部やったんか！

道理でいとも容易く連れ去られると思ったんよ！　一瞬で「「アレン（様）！」」やもん。良かったぁ。一応、助けには来てもらえるぐらいの信頼感は構築できていると思っていいのかな？

それとも俺の身体（脳）だけが目的なのかな？

「――というわけなのだけれど、どうかしら」

とシルフィ。かくかくしかじかと補足してくれた。

俺を一枠空いている魔王に推薦することを【色欲】の魔王様とやらが決定した場合、より良い関係を築きたいとのことだ。

さらにラアとネクは感謝しているということで、俺の保護を目的として監視蜘蛛に【振動察知】というスキルを常時発動させて安全を確保するとのこと。

さらにシルフィも風魔法による死角なしの結界を張るつもりらしい。その組み合わせにより、よほどのことがないかぎり俺に危険が及ぶことはないとのことだ。

……本当にそうだろうか。

俺の固定観念では異世界転生した勇者というのはやべえ強さである。もはや俺TUEEEではなく、色んな意味で俺YABEEEの連中である。

もし【色欲】の魔王により推薦され、審査が通った場合、そういう奴らが押しかけてくる可能性もあるんでしょ？

正直に言えば色んな意味でノーサンキューである。そもそも俺はヒモ生活を送っていただけのはず。

魔王候補に名が上がっていること自体、意味がわからない。それをチャイナドレスの奴隷から説明されている現状はもはやカオスである。なんだこれ。

えーそんなの私には無理ですよー、無理無理ー、と職場に一人はいる女を使って仕事を断るOLになりたい。

本当なら迷うこともなく、突っぱねていたことだろう。

ただ、推薦しようとしている魔王さんの肩書きがさ。

俺はラアとネクに視線を向ける。

やはり絵になる美人巨乳姉妹である。ちょっぴり闇を感じさせる姉と姉御肌で距離感が近い妹。お二人とも立派なものをお持ちである。

さらにネクの上司、魔王は【色欲】を司るという……。

仲良くしたい、ですか。一体、何をどう仲良くしたいんでしょう。良い関係って懇ろ（ねんご）ってことですか？

諸君。どう思う？

【色欲】を司る魔王ですよ？　さらにその幹部のアラクネのナマ乳の感触はすごいです。

当然、配下たちもきっと、その、色と艶があるんではないでしょうか。

たしかに俺はすでに美人（美少女）奴隷たちに囲まれてはいる。しかし、彼女たちはいずれ奴隷解放（リストラ）される運命。

今は主人と奴隷という関係で真っ白なお腹に抱えている黒いものを隠しているが、解放と同時に「お前の視線気持ち悪いんだよ」と罵りを残して俺から去っていく可能性もある。金の切れ目が縁の切れ目という。負債を完済した彼女たちは果たして俺の元に留まりたいと思うだろうか。

チラチラと生脚やお腹、谷間を盗み見、二の腕の感触を楽しんでいるような村長の元に留まりたいと、そう思うだろうか。

であるならば。

ここで【色欲】の魔王さんと交流を持っておくのは悪いことではないかもしれない。決して下心はない。断じてない。

余談だがこの世界には魔王と呼ばれる存在が七人いるらしい。

七つの大罪をもじり【強欲】【色欲】【嫉妬】【憤怒】【暴食】【怠惰】【傲慢】を冠するようだ。さすが異世界。定番だよね。

また彼らは人類と必ずしも敵対するわけではないとのことである。

たとえばネクのボス【色欲】の魔王は遊郭を始め、性による支配を極めた存在。

娼館や娼婦はセーフティであると同時に強姦などの性犯罪抑制の一面もあり、人類や勇者にとっても暗黙の了解となっているとのこと。

遊ぶ客も裏に魔王がいることは承知しているわけで、ある程度の分別が働くため、娼婦たちも比較的安心というのだ。後ろに怖ーい存在。なるほどどこの世界も仕組みは同じということか。

「ちなみに俺が推薦されるのは――」

「――【怠惰】よ～」

やっぱりな！　クソッ、【強欲】や【傲慢】あたりがカッコ良いなって期待したのにやっぱりそれか！

「魔王最弱のポジションだけど人間の魔王は初ね。ある意味歴史に名を残すんじゃないかしら～」

ふむ。ＫＷＳＫ。

☆

ネクの話によれば【怠惰】の魔王を襲名することのメリットとして、配下強化【眷属化】が与えられるとのこと。なんと固有スキルである。

【再生】に加えて二つめです。羅列すると絶対俺TUEEEなのに、そうじゃないという。もはや詐欺である。

【眷属化】によりただでさえ優秀なシルフィ、ノエル、アウラをもう五段階ほど高めることができるとのこと。

五段階!?

はい、来ました！　いよいよ俺TUEEEのターンですね。「もちろん俺も強化されるんですよね!?」と確認したところ、魔王は襲名の前後で特に変わらないらしい。

なぜだ――!?　意味が不明である。

そもそも魔王候補の名に上がる時点で対象は天元突破した存在であることが圧倒的らしい。

例外が怠け者ゆえに配下を強化できる【怠惰】。だからこそ最弱の魔王は【怠惰】らしい。

それ襲名しても大丈夫なんやろな？　数日後に「ククク……奴は魔王の中でも最弱。痛くも痒くもない」みたいなテンプレだったらお断りですよ？　吾輩瞬殺されとるがな！

とはいえ、シルフィさんたちに食べさせてもらっている俺にぴったりというわけである。

やかましいわ！　俺だって最初はな、張り合おうと頑張ってんだ！　なのにドンドンドンドン、手の届かない領域に行っちゃってさ。

置いてかないでよママ！　僕はここだよ！　ママー！　である。枕をびしょ濡れにしたことも一度や二度じゃない。いや、枕はまだ開発してないけど。

デメリット、というほどではないが、魔王は何かしらの形で人間社会と繋がりを持ち、支配者としての顔を持つのが良いらしい。

これが俺の頭を悩ませる最大の種となった。

【色欲】の魔王であれば花街による性、【強欲】の魔王であればダンジョン運営による業、【暴食】の魔王であれば年貢による食糧など。

【怠惰】なのに支配……？

俺の頭上に？　が浮かぶ。

だが、案がないわけでもない。脳裏に浮かんでいる理想が一つだけある。

そもそも俺は魔王になんて一切の興味がない。食っちゃ寝ボディタッチリバーシの日々が続けばそれでいい。

ただ、そんな俺でも可能であるならば生活水準を上げていきたい、という願望があったりなかったり。

いえ、シルフィさんたちがよくやってくれていますので不満や文句なんて一切ないんですよ？　口にする資格が俺にないことも重々承知の上。それは間違いなく本音である。むしろ彼女たちの活躍は出来杉くん。

　だが。

　たとえば料理。

　シルフィたちのおかげで自給自足が可能となったとはいえ、どうしても味が劣っている点は否めない。

　異世界転生者あるあるだが、前世の外食店の偉大さが身に染みてわかる。

　前世だと美月ちゃんが育ち盛りでよくおねだりされたものである。頭に回す分の栄養分も全てたわわに行ってしまったのが残念ではあるが。

　要するに俺は某柱のように「美味い！」と唸りたいのである。「そうでもない！　そうでもない！」と口にするのは材料を栽培してくれたシルフィたちにも失礼である。

　さらに修道院。雨風凌げるだけでも素晴らしいことではあるのだが、やはりまだまだ改善の余地はある。欲しい家具など挙げ出せばキリがない。

　娯楽だってそうだ。やはりギャンブル。競馬や競艇、カジノなど。ふらっと立ち寄り尻の穴の毛まで毟り合うのはそれはそれで一興である。

　すなわち、統合型リゾート（ＩＲ）という存在に憧れているのである。

　男なら一国一城の主になってみたいと思ったことはあるだろう。

　この場に美月ちゃんがいれば「お兄ちゃんはバカ殿だね♪　ちょんまげ付けてあげる。それで外を出歩きなよ」と言うに違いない。鬼畜！

統合型リゾートというのは国際会議場を始め、ホテル、商業施設、ショッピングモール、レストラン、カジノ、劇場、映画館、アミューズメントパーク、スポーツ施設、温浴施設などが一体となったアレのことである。

その総支配人となれば、人間の幸福感や楽しみを支配していると言えなくもないだろう。

どうして俺がこんな思考に至ったかといえば、軟禁命令が下されたからである。

「お前弱いくせにすぐに拉致されるんだから引きこもってろよ！　面倒かけさせんな！」なんてヒロインズに言われてみ？

そりゃ現実逃避の一つや二つ、妄想するよ。軟禁された場所の範囲内で全てを賄いたいと考えるのは当然でしょうよ。

間違っていたのは俺じゃない。世界の方だ！

とはいえ、ＩＲを設立、運営できるだけの能力、気力が俺にあるのかと問われたら、もちろんない。即答である。

あるのはせいぜい【再生】の恩恵である体力ぐらいだろう。

さらに資金、人手も圧倒的に不足することが目に見えている。

たった五十人の奴隷を養うことすらままならず、リストラ計画を企てるような甲斐性なし。誰がどう考えても夢物語である。

そして俺は身のほどを弁えられるバカだ。

バカというのは己を客観的に評価できず「なんかできる気がする」などと根拠のない自信と浅い

リサーチで大きな壁に突進し、盛大に砕け散っていくのが常である。

俺はそんな冒険をしない。平々凡々。地に足をつけて生活していく所存である。

そもそも額に汗を浮かべて働いているのはシルフィたちである。

俺は彼女たちの意志を尊重したい。

修道院に籠もって食料を恵んでもらい、開発や錬成で日々快適になっていくおかげで、案の定、俺は見事に堕落した。

さらに加えて、生脚を堪能しようなどと男の欲望も隠さないという、クズ男っぷりが留まるところを知らない。

おそらく俺が未だ捨てられていないのは、俺の現代知識が大金と交換可能であり、利用価値があるからだろう。

もしかしたら、私たちが見放したら、彼はどうやって一人で生きていくんだろうという同情、母性によるものかもしれない。

もし後者ならおっぱいを吸ってみたいです。口が裂けても言えませんが。

俺ができることと言えば、いやらしいことなど全く考えていませんよ、という素振りで服を作ったり、石鹸を作ったり、温泉を提案することだけ。

シルフィさん、貴女本当に綺麗な脚してますよね。今度舐めさせてもらえないですか。

後に統合型リゾート（ＩＲ）総支配人兼【怠惰】の魔王が実現してしまうことなど夢にも思っていない俺は「ＨＡＨＡＨＡ」と笑い飛ばし、一蹴してもらおうと理想を口にした。

結論から言うとこれが良くなかった。

知事並みの殺人業務（といっても決断の連続なだけなのだが）を背負うことになったのは他ならぬ自らの発言である。

諸君。以前忠告したことを覚えているだろうか。

口は災いの元である。

「――なーんちゃって」

と統合型リゾート構想について口にした直後である。

「面白そうじゃない！　やりましょアレン！」

とシルフィ。

チミ、最近ほんま自重せえへんな。なんなん。エンシェント・エルフってうつむかない種族なんか？

まさかとは思うけど俺は脇役で『無能再生士アレンはうつむく』始まっとんちゃうやろな？

勘弁してや。

あっ、こらちょっと。腕に抱き着くのは卑怯ですよ！　ふわおおおおおお！

横乳！　横乳！　よこちちちちちち！

えっ、柔こ！　柔こおおお！　すごい！　噂は偽物だったんだ！　二の腕の比じゃないよこれ!?　しかも絹に近いチャイナドレスを着用しているおかげで手触りが良すぎる！

しゅっ、しゅごい……！　（語彙力消滅）。

これは後で冷静になったときの分析なのだが、統合型リゾート（ＩＲ）というのは知識や知恵の集合体である。情報量は膨大。

ちまちまちまちま、俺が小出しにする現代知識（これが尽きたときがバイバイアレンだと踏んでいる）を一気に吐き出させる算段だろう。

さらに言えば【眷属化】により強化されるのはただでさえ主人公であるシルフィさんたちである。

普通こういうのってボスが最凶の上で配下も最強っていうのがお約束のはずで、最弱ってあまりにもあんまりだと思うの。

女の武器を使ってまで金の卵を吐き出させようという魂胆。恐れ入るシルフィ……！

やはり陰の黒幕は伊達じゃありませんね！

「造れるものがたくさん。面白そう。ワクワクする」

いつになくノエルがやる気である。

最近わかったが、彼女はモノづくりさえできればそれでいいところがある。

作成バカ。製造バカ。錬成バカなのかもしれない。

いや、あのちょっと。腕摑んで抱き着いてこないでもらえる？　柔らかい感触で理性が吹き飛んじゃったらどうする気？

そんなぎゅっとして……そんなわかりやすい色仕掛けで籠絡されるアレンさんではないわ！

——今度なにが造りたい？　いくらでも言ってね。

極めつきはアウラである。

「ふふっ。ならわたくしは美を使って世界中の女性を虜にしてみせますわ」

諸君。むにゅううう、である。むにゅうううが背中に広がっている。

なっ、なんという乳圧！！！！！　アウラさん！　アウラさん！　貴女なんちゅうものを押しつけていらっしゃる……！

そんな色仕掛けしても俺に通用すると思ったら大間違いだからな!?

――なにか欲しいものある？　なんでも言っていいよ。

【色欲】の魔王自ら足を運ばれるのよね？」とシルフィ。

言葉が耳に入ってくるものの、意味が理解できない。俺は突然のラッキースケベ発生により全集中。

鼻息荒い呼吸、壱ノ型、大興奮！　だ。

現在、俺の生殺与奪の権はシルフィさんたちに握られています。この幸せ過ぎる感触を堪能できるならそれで構いません。どぅふふ。判断が遅くてすみません。

「そうよ～」

「少し期間をもらいましょう。そして私たちができるおもてなしでアレン推薦の是非を決めてもらうのはどうかしら」

「おおっ！　それはいいじゃねえか。ラア様的にも良案だと思うぜ」

「うーん、そうね。いいんじゃないかしら～。その方が面白そうだし」

「それじゃ何から取りかかるか、方針を聞いてもいいかしらアレン……アレン？　ちょっと、どうしたの!?　立ったまま気絶してるわよ！」

俺はいつの間にか西川くんになっていた。

☆

【色欲】の魔王をおもてなし、お出迎えすることが決まってからというもの修道院の生産性がおかしくなっていた。

これはもう爆発と言っていい。ポンポンポーン！

なぜか奴隷たちも高揚気味ときた。

「【色欲】の魔王に喜んでもらうために新たな植物を栽培しましょうアレン」とシルフィさん。

やる気満々！　またしても農業チートやるつもりですか！　また俺が霞みますね。いえ、まあ今さらですけど。

シルフィさんが帝都で入手した植物図鑑を手渡してきます。

読めへんねん！　吾輩字が読めへんのよ！

とは言い出せず、吟味する振りをします。おおっ、スケッチ付きではないか……！　助かった！

驚くことに人間が作成した植物図鑑に米の存在を確認できません。絶望。絶望です。白目。

しかしスケッチとシルフィの補足により綿とサトウキビと思われる植物を発見。

畑区域に加わることになりました。

やれやれ。どうやらアレンさんの無限【再生】開墾を見せつける番のようですね。

ほら見て！　村長自ら耕してますよ？　ちゃんと働いてますよ！　褒めてー！

そんな俺に対してドワーフのみなさんは土魔法を発動！

「どけ！　邪魔だ村長！　ちんたらやってんじゃねえよ！　すっこんでろ！」とでも言いたいのだろうか。

俺の出番が！　いよいよ本格的に俺の出番がなくなってきたぞ！　しゅんです……。

【無限樹系図】描出されたエルフさんたちは見せつけるかのように【発成実】を発動！

綿「発芽！　開花！　開絮（かいじょ）（実が割れること）！　綿花（コットンボール）！　まだまだね村長。オレはもっと上に行くよ」

綿の王子様ァ！　成長スピードで植物に先越された！

サトウキビ「すみません。お先です」

お前らァ！　植物が人間の成長上回ってんじゃねえぞ！

目の前には綿とサトウキビがグングン成長していく光景。信じられないけどこれ、現実なのよね。

もう俺いらねえじゃねえか！

「おおっ、綿じゃねえか！　ラア様に任せろ。どんなものでも仕立ててやるからよ」

爆乳をドンッ、いや、ばい～んと叩くラア。

眼福。ちょっと拳を当てただけで胸部が地殻変動起こしてますよ。

眼福です。最高です。こういうの欲しかったんですよ。うひょひょ。

もう出番なくてもいいや。

「アレンから教えてもらった無停止杼換式豊田自動織機を再現してみた。褒めて欲しい」

ノエルさん恐ろしい娘！　もう完成させたんかいな!?

とりあえずサラサラの髪を撫でておこう。

無停止杼換式豊田自動織機は糸の補充も自動的に行ってくれる１９１０年代で世界初の織機。一人で三十〜五十台の織機を操作可能だ。

「面白い」「実に面白い」「眠たくなくなってきちゃった」と評判のアレン塾はドワーフたちにとにかく大人気。毎日満員御礼だ。

なんとノエルたちは講義を聞くためだけの教室に黒板とチョークを錬成開発。

俺から知識を吸収、奪い取ることに余念がない。

ええい、もういい！

生産効率、品質が飛躍的に向上する織機が完成したんなら衣類に全集中してやる！

目の保養が目的？　どうせ下心だろ？

あのさ。奴隷たちの衣食住を保証するのはご主人様の義務やで？

やましいことなんて考えるわけないやん？

濡れ衣やでほんまに。

「うおおおお！　肌着のデザインはあーで、こーで、こーう！！！！　織物は張り、裁断、縫い合わせしやすいのが特徴。シャツ？　ノンノン。もちろん奴隷たち優先!!　ブラウス、ワンピース、スカートぉぉぉぉ！　寝具はおふとぅんなんかどう？　編み物は伸び縮みしやすく、通気性抜群。セーター、靴下も欲しいよね。えっ、俺の分は後回しに決まってるじゃん。まずはみんなの分をお願いできる？」

俺の熱意にラアも気圧されたようで、

「おっ、おう。鼻息荒いぜアレン。だが奴隷たちが優先とは男気があるじゃねえか。気に入ったぜ。おーい、みんな手伝ってくれ」

蜘蛛系モンスターの大群、わらわらわら！

八本の脚で器用に仕立てる。

裁断、縫い合わせ完璧ですね。

ええっ、リクエストですか？　蜘蛛のモンスターって言葉わかるんですか。

あっ、【意思疎通】というスキルのおかげ。まあ、なんでもいいですけど。

おーい、みんな！　ねえちょっとみんな集まってよ！

糸や生地に色や模様もつけてもらえるって！　俺はみんなにはこういうのが似合うと思うんだけど……あっ、もちろんご主人様に気をつかう必要はないからね。

好きにオーダーしてもいいからさ。

おパンツ、スカート、ワンピース完成！

うぎゃああああああああああああ！

目が、目が幸せすぎる！

「あの……私たちがもらってよろしいんでしょうか？　給金もいただいていますし、お支払い――」

「――村長からのプレゼントぉぉ！！！！　お金なんて要らないからぁ！　だから嫌じゃなかったらもらってよ。良かったら穿いた姿を見せてよ！」

「えへへ。ありがとうございます。それじゃお言葉に甘えてちょうだいしますね。あと瞳孔開いてますけど大丈夫ですか？」

【再生】発動！！！！　いかんイッていたかもしれない！

「どっ、どうでしょうか村長さん」

エルフ奴隷、ティナがくるりん。

スカートひらひらひら～！　ぶっはぁー！　破壊力あり過ぎ！！！！！！

「いらっしゃい村長。今日はなにして遊びましょうか」

ふふっと微笑むエルフ奴隷、エリーさん。お美しい。ワンピースが良くお似合いですよ。長い髪を耳にかける仕草、さらに艶と色気が出てませんか？

さーて、それじゃ今日こそラッキースケベを獲得してやるとしますか。

将棋をやったことがある人ならば戦法や戦略――手順、陣形があることはご存じの通り。

俺は自他共に認めるバカではあるが、ごく短期間だけ神童と崇められたことがある。おそらく俺の人生のピークはそれと、初めて立ち上がったときだと思われる。

クソッ、昔はハイハイだけで絶賛だったのに……！　あの頃に戻りたい。おぎゃりたい。シルフィママに甘えたい。おっぱいのお時間ですよって、言ってもらいたい。

話を戻そう。

早い話俺が対局でフルボッコにされてきたのは色々とうろ覚えになっていたことに加えて定石が全く通用しなかったからである。

しかし、腐っても元神童。なにより勝者は敗者に何でも好きなことを命令できる権利は素晴らしい。

えちえちしたいからこそ探究心と好奇心が尽きない。戦略や戦法、彼女たちが視えている光景へと追いつくことに余念がない。

やはりエロの原動力は凄まじく、偉大ということか。

そんなわけで、時間だけはなぜか腐るほどある俺はエルフやドワーフたちの家を転々、感想戦や指導・助言を得ながら、進化の日々。

とうとう俺は飛車、角、桂馬、香車落ちというハンデ付きで王手をかけられるレベルにまで上達していた。時間はあるんでね、時間は。

「村長さんは一体、私たちに何を命令するつもりなんでしょうね。楽しみよ」

ワンピース捲（まく）っておパンツ見せてもらうもんね！

もちろんそんな内心はおくびにも出さない。

「ありません。私の負けね。とうとう命令されちゃうのね。ティナ、レイ、私汚（けが）されるかもしれないわ」

「「いやいや」」

と冗談っぽく言うエリーさん。あかん、なんか和んでもうとる！　この空気でおパンちゅ！　とは言いづらい。

クソッ、負けておいて卑怯な……！

俺が一体どんな思いでここまで強くなったと思ってるんだ！

ぐぬぬぬ……。

「いた。アレン。耳かきを作ってみた。試してみて」

ひょっこりノエル。ドレスアップしてお菓子の王国から飛び出してきたような可愛さである。

彼女は作業着を好んで着用する。俺が下心を隠せず私服を着て欲しいとお願いしたところ着分けてくれるようになっていた。ありがたい。こういうとき奴隷の主人という立場は非常に役に立つ。

あとはエッチさせてくださいと言えればいいのだが……まあ、いい。何事も焦りは禁物だ。今でも十分楽しい。いきなりメインディッシュを持ってこられても、まずはスープだろ！　的な？　よくわからん。

まあようするに階段を一歩ずつ上がるのも悪くない。俺は食事でもそうだが、お楽しみは最後に残しておくタイプだ。

悲しいけれど、この世界に美月ちゃんはいない。もうエビフライやから揚げを取られることもない。

えっちは逃げない。消えてもなくならない。そこにあるんだ。あとは手を伸ばすだけ。なら、まずは、

「それじゃエリーには耳かきで掃除してもらおうかな」

「こんなになるまで放っておいて。溜まってるわ村長。ふー」

エリーさん、太もも柔らか過ぎィ！　幸せでござる！

かさかさかさ。あっ、しゅごい……エリーさん、すごいテク！

あー！　ダメ！　息ふきかけちゃりゃめえええ！

さて、続いてシルフィさんのターンです。

チャイナドレスを薦めてからというもの、シルフィさんはおみ足を見せつけてくるかのように毎日ストッキング。まさしく鬼に金棒です。どうしてもチラチラと視線で追ってしまいます。

諸君は女性のボディパーツでどこがお好きか？　おっぱいやお尻と即答した人は残念ながらまだお子ちゃまだと言わざるを得ない。

俺の解は脚である。

脚の魅力といえばすぐに太ももが思い浮かんだ諸君はやはりお子ちゃまだ。

足首から腰までの曲線、ラインに脚の魅力99%が詰まっている。

語り出すと長いのでここでは割愛させてもらおうか。

ストッキングシルフィさんにより、砂糖が修道院に加わった。

茎の切断、植え付け、土をかぶせ、肥料を浸透。ドワーフたちの土操作で根本に土を寄せる培土。

風魔法の刃による収穫。器用に風を操作することで茎と葉に分け、葉は畑に撒いておく。砂糖は前世でも世界一多く栽培されている食用植物。

この世界ではまだまだ高級品であるそれらを【発成実】＋ドワーフたちの肥料、土操作コンボで栽培できるようになったので大富豪ルート確定である。

事実、シルフィはもう間も無く帝都一のアレルフィ商会会頭になる。

ちなみに帝都のナンバー2商会代表になるのはアウラが立ち上げた『輝星堂（きせいどう）』だ。命名は俺がした。大豆の成分を利用した乳液を始め、化粧品を取り扱う。

これはまた詳しく経緯を語りたいと思う。

美のカリスマである彼女は己の美貌すらも武器にし、次々に大貴族の奥様方、お嬢様から圧倒的支持を受けることになる。

俺ミジンコ。ワロタ。

さらにネクとラアのアラクネ姉妹は俺と新たな【聖霊契約】を締結。

彼女たちは縄張りの譲渡、糸の提供、繊維製品の製造の代わりにシルフィやアウラの商会に製品を卸し、売上に応じた報酬を得ることになった。

俺たちは畑などに必要な広大な土地と糸が手に入り、アラクネ姉妹は種族の性（さが）、趣味である織物で莫大な資金を調達。

俺、蚊帳の外。ワロタ。

いつの間にか契約だけ結ぶ代表者だ。形骸化し過ぎて、もはや何も感じなくなりつつある領域だ。

嘘。みんな俺のことを置いていかないでよ！　僕はここにいるよ！

シルフィやアウラはランジェリーを扱うようになり（これには俺も大賛成!!）、アラクネ姉妹のランジェリーは【色欲】の魔王にもフィードバックされること間違いなしの体制である。

村長ガン無視の配下ＴＵＥＥＥをする彼女たちに傷付けられた俺は癒やしが必要だと判断。

とりあえず次に料理チートするときはスカートを穿かせてパンチラ天国することを決意していた俺は、砂糖を使って療養することにした。心に安らぎをください。

というわけで、さつまいもを使ったかんしょでんぷん、そして大豆と砂糖のきな粉を組み合わせた、わらびもちで無双します。絶対にパンツ見たいから。

まずは、かんしょでんぷん。

というわけでエリーさんの工程を見てみましょう。なぜ俺は魔法が使えないんだ！

「まずは風圧でさつまいもを潰し、風魔法でふるいにかけて。デンプン乳だけになったら水魔法と火魔法で調節しながら脱水、乾燥で完成」

「任せて」

自然に愛された種族、エルフ。【無限樹系図】描出で磨きがかかっている。さすがエルフのみなさん。

でんぷんかすは畑の肥料に再活用するので捨てません。俺も捨てちゃいけませんよ。たぶんまだまだ活用できますので何卒（なにとぞ）。

調達したサトウキビは風圧で粉砕・圧搾。

しぼりかすは、ろう（ワックスですね）に利用できるので捨てません。俺も捨ててはいけません。活用できるので何卒。

搾り汁を濃縮、風魔法による遠心分離機の役割を担い、原料糖、結晶が完成しました。

まだ俺は口しか動かせていません。

「結晶を温水に溶かして今度は水操作で不純物を取り除き、精製。もう一度分離で結晶とみつに分けてもらえる？」

「やってみます」

今度はティナさん。スカート良く似合ってるよ。

「結晶は乾燥、冷却。上白糖と廃糖みつの完成だ」

みんなが俺に寄ってくる。いい匂いがする。おで、幸せ。拗ねない。アレン役に立ってるもん。

かんしょでんぷん、水、砂糖を加えてまぜる。熱することで粘り気がでてくる。

ノエルたちドワーフが作ってくれたバットに平らにして冷やす。小分けにしてわらびもちの完成。

「ふふっ。スライムみたいで可愛いわね」

とシルフィさん。貴女の笑顔の方がお可愛いですよ。脚、本当に綺麗ですね。

「どこ見ているの？」

「見てません」

危ない……！　凝視し過ぎた。

「きな粉は大豆をいったあと風魔法――刃でかき回す。粉にしたあとふるって砂糖を加えて完成。

これをわらびもちにかけて食べてみてくれる？」

「ふわぁ！　すごい！　すごいですわ！　もちもち。弾力もありますし、きな粉も甘くてとても美味ですわ！」

アウラがぴょんぴょん跳ねている。彼女のわらびもちも、もちもちで弾力がすごいことになっている。

周囲を確認するとあまりの美味しさに期待通り、無意識に浮いています！

諸君、パンツ！　おパンツです!!　ラアとネク、そしてときどき俺もデザインに口出しした色と模様、刺繍が鮮やかなおパンツ！

ふわおおおおおおおおおおおお!!

ファンタスティック！！！！！！

生きていて良かった！　ああ、そうか！

俺はいまこのときのために異世界転生してきたんだ！　そういうことだったんだ！

女神「そんなわけねえだろ」

ふんっ。その程度の煽り、いまの俺には効かぬわ！　そよ風よ！

こうして砂糖を使ったスイーツやデザート、ランジェリーや衣類といった【色欲】の魔王も喜んでいただけるであろうとっておきが完成し、いよいよお出迎え当日。

俺は――、

――またしても何者かに攫われた。

絶対安全だからと言われたから軟禁も受け入れて、引きこもっていたのにこの有様である。

しかも【色欲】の魔王がわざわざ足を運んでくれた当日に代表者である俺が不在、拉致される事態。

格好つかなすぎるんじゃない!? 大丈夫これ!? ドタキャンよりも酷い状況に魔王さんブチ切れしない？

あの、お願いですからシルフィさんたちには当たらないでくださいね!?


【第三者視点】


アレンが攫われ、ネクと【色欲】の魔王、九尾が到着。

修道院は騒然としていた。

「ネク。勿体ぶらずに紹介してくんなまし」

「……………あら～。どうして村長さんの姿が見えないのかしら」

「せっかく足を運んでもらったところごめんなさい。その――アレンの姿がどこにも見当たらなくて」

「「はい？」」

アレンの代わりに出迎えたシルフィのその一言にネクと九尾は首を傾げるのであった。

【エルフ奴隷ティナ】


みなさんこんにちは。ティナです。

今日は私に起きた奇跡と幸せな日々を綴ってみようと思います。

とはいえ、何から話せばいいでしょうか。たくさんありすぎて困っちゃいます。

とりあえず時系列で説明しますね。

私たちが連れて来られた修道院には光や肉体の一部を失っていた奴隷が多く集められていました。

まず最初に驚いたのは破損した部位が一瞬で再生されたことです。これには奴隷のみなさん全員が奇跡と口を揃えて言います。

もちろん私も奇跡を理解できず、夢や幻の類だと信じていました。

こうした共通の体験により私たち奴隷はすぐに打ち解けることに。

これまでの悲惨な生活、過酷な運命を互いがよく知っているからでしょう。絆が芽生えているように思います。

私たちの境遇はやはり一言で語れるものではなく、何不自由なく生活してきた他の皆さんとの共同生活ではこうはならなかったでしょう。

ご主人様――ご本人は気軽に接して欲しいとのことで私は「村長さん」とお呼びしています――

は変わったお人です。

まず欲が感じられません。現在でも信じられないのですが、奴隷に人権を与え、尊重することに喜びを感じておられるように思えます。聖人という表現が頭によぎります。

ただ、聖人と言ってしまうと、手の届かない異世界の住人という印象ですが、村長さんの場合は違います。

とてもとても親しみやすく、接していて楽しいお人です。

エルフ、ドワーフの奴隷は光を取り戻して真っ先にシルフィさんとノエルさんの存在に驚愕（きょうがく）します。

お二人とも希少種。最上位種族です。秘めた才覚、容姿は私たちの誰よりも頭一つ、いえ五つも六つもずば抜けています。

それは奴隷のみなさんの共通認識でしょう。

シルフィさんとノエルさんを奴隷として所有できる権利。この世界の人間であれば喉から手が出るほど欲しいに違いありません。

村長さんのすごいところは、それだけの豪運を掴んでおきながらお二人の好きなようにやらせているところでしょうか。

器の大きさやスケールが違います。人間である以上、欲は切り離せません。労働力、お金、それからその、性を搾取したいとお考えになるのが普通の男性だと思います。

ですが、村長さんはお二人のやることなすこと全肯定です。そこに束縛のその字もありません。

それどころか奴隷である彼女たちに感謝を伝えることも忘れません。

私は村長さんに対して違和感を覚えることが一つあります。

それは恵んでいる自覚はおろか、むしろ施しを受けている立場の立ち回り、とでも言えばいいのでしょうか。

たとえば食料。シルフィさんから【無限樹系図】を描出していただいたおかげで、植物の栽培はエルフたちに一任されています。

失礼な言い方になりますが村長さんの労力は土を掘り起こすところまでです（個人的にはそれすらする必要がないとは思っていますが）。

豆や芋、小麦を【発成実】で自給自足していますので、たしかにその側面だけ見れば、私たち奴隷が村長さんに恵んでいると見えなくもないです。

ですが、そもそも奴隷の所有者ですから当然の権利。

さらにシルフィさんのお話によればエンシェント・エルフの能力も自ら打ち明けるまでは強要しなかったとのことでした。

ありえません！

自然に愛された種族であるエルフ。その頂点にして絶対であるエンシェント・エルフは固有属性である【木】を得意とします。

奴隷商人から購入したとなれば当然【鑑定紙】を受け取っていることでしょう。かつてはシルフィさんも両目の光と左腕を失っていたとのことですので、ステータスこそ無効・発動不可になっていたとは思います。

ですが再生後に再度確認すればシルフィさんがどれほど異次元の存在であるかは一目瞭然！

つまり、つまりですよ？

村長さんは彼女の全知全能を把握しておきながら好きにさせているということになります。

いくら奴隷紋が刻まれているとはいえ、束縛することなく、ましてや帝都に野放しにするでしょうか。普通は躊躇いますよね。つまり度量が人間のそれじゃありません。超越しています。

ここから導き出される答えは村長さんもまた異次元の存在だということ。

当初こそ私もシルフィさんから聞かされる評価には首を傾げていました。失礼ですが、どう見ても残念な一面が見え隠れするときがあります。

特に幼稚なのが対局で負けたときでしょうか。「俺はまだ本気出してない！」涙目で言われても説得力ありません。

しかし次第に化けの皮が剝がれていきます。

たいていこういう場合、取り繕っていたものが暴かれるのが常ですが、村長さんの場合は逆。無能を装っているため、叡智や胆力が顔を出すことになります。

卑怯です！　これは本当に卑怯だと思います！　事実、このギャップにコロっと行ってしまう奴隷も多いですから。

いくら奴隷とはいえ、嬉々として殿方を部屋に案内なんてしません。

逆らえないが故の我慢。奴隷ならそれを表に出すことなくやってのけなければなりません。

しかし村長さんの場合はむしろ遊びに来てくれることを楽しみに待っている奴隷ばかりです。そもそも奴隷一人一人に雨風凌げる家を建てること自体信じられないことではありますが。つまり女たらしです。もしも計算通りだとしたら間違いなくたくさんの女性を泣かせてきたことでしょう。女の敵です！

私もその、村長さんになら肌を許してもいいかな……なんて思ったり思わなかったり。えへへ。「だっ、だめみんなに聞こえちゃいますよ」なんて言っちゃったりして。

——ごほん。失礼。我を見失ってました。恥ずかしい。

しかし、女という生き物はいざというときに頼り甲斐のある男性は魅力的に映るものでして。村長さんは見事にそれを体現されているわけです。カッコ良いです本当に。

たとえば娯楽品。聞いた話によれば村長さんが発案者ではありませんか。私はてっきりシルフィさんかノエルさんだと思っていました。

これは奴隷たちの間だけで語られていることなのですが、シルフィさんの「私のご主人様はこんなに凄いのよ」語りのエネルギーは凄まじいものがあります。

シルフィさんは誰の目から見てもいい女です。ですから彼女自身、選んだ殿方もいい男であることを望んでいるのでしょう。

ですが、村長さんはたまにしか能ある鷹の爪（つめ）を出しません。

シルフィさんとノエルさんが大富豪となった現在でも表面上は彼女たちのチカラだけでそうなったように見えます。これがおそらく歯痒いのだと思います。

ですから普段の生活では決して想像できない村長さんの有能さを語り始めるシルフィさんは少し怖いところがありまして。

これは奴隷たちだけの秘密だったりします。

「私のご主人様はこんなに凄いのよ」語り三時間コースによりますと（十二時間コースはもはや拷問）、対局時の命令権には目的があるというのです。

ご主人様と奴隷という関係を逆転させるためにあえて娯楽品を使った罰ゲームを提案している、というのがシルフィさんの主張でした。

その証拠に所有権の譲渡、商業ギルドの登録に一切抵抗なく、即断即決だったというのです。

なるほど。それが本当の話ならたしかに村長さんの有能さがチラついた瞬間と言えますね。

この世界の人間の娯楽は決して多くありません。冒険者となってスリルを味わうか、お酒、もしくはエッチです。

狩猟と騎士の決闘も加えられるでしょうか。いずれも貴族でなければ十分には楽しめないものばかり。

冒険者でない一般市民だと時間を持て余している者も少なくないかもしれません。

そこに単純明快。老若男女（ろうにゃくなんにょ）誰でも簡単にルールを覚えられ、コストパフォーマンス抜群。知識人としての遊びとしての一面を持つ娯楽品はまさにドール箱と言えるでしょう。

唯一、誰でも模写（コピー）できる弱点も、珍しいものや新しいもの好きな皇帝が権利の保護を打ち出しています。その恩恵を受けられるのはまさに商業ギルドに加盟している商会でしょう。

素晴らしいアイデアをしかるべき人物に譲り、己は何をするわけでもなく大金を稼ぎ出す。なるほど。目利きですね。やり手であることは間違いありません。

さらにシルフィさんとノエルさんが成功を収めるや否や村長さんの行動は早かったそうです。なんと奴隷の口座開設。さらに一方的に搾取するだけでいい奴隷たちのやる気を促すため負債返済の導入。

なんと給金が支払われ、負債の返済と同時に奴隷の身分さえも解放！

村長さんの魅力を語るシルフィさんがどんどん早口になります。

一流の女性にここまで言わせる殿方。やはり隠しておけるものではなく、怒濤の展開が続きます。

誘拐されておきながら時間を稼ぐ胆力。

この頃にはもう村長さんへの信頼や恩がありますので、シルフィさんの救出に付き合って欲しいという依頼を断るエルフはいませんでした。奴隷という立場上、このまま主人の行方がわからなくなる方が都合が良いにもかかわらずです。

アラクネ姉妹とのビジネス関係の構築。

なんと村長はご自身の衣類よりも私たち優先とのことです。おしゃれが嫌いな女の子はいません。

当然、またしても株が上がります。

それも本気で喜んでいるようにしか見えないのが憎いですよね。しかも、です！

村長さんからのプレゼントときました。ただでさえ桁が間違っているのではないかと疑うほどの給金をもらっているのにもかかわらずですよ？　信じられません。

どうやら村長さんはアレルフィ商会の報酬の受け取りを拒否し、今回のような出費が発生した場合に自分に付け替えるようお願いするそうです。

奴隷でありながら衣食住の保証。衣服を好きなときに、好きなだけ、要求できる。このあたりから私たちの生活はもはや貴族の域に達しつつありました。

貯金も貯まる一方です。

当然奴隷たちも少しでも村長さんに喜んでもらおうとおしゃれやコーディネートに熱が入り、嬉々として自室に招聘するはずです。

器の大きさ、甲斐性、シルフィさんとノエルさんに一目置かれる真の実力、圧倒的な経済力、柔軟な発想、胆力、時折みせる子供っぽさに母性をくすぐる言動、誰とでもすぐに打ち解ける親近感、しかし魅せるときはきっちり魅せる土壇場力。何事にも動じない度胸。

私たちは女です。これだけの好条件が揃った男性（雄）を目にすれば雌が表に出てしまっても仕方ありません。

気がつけば私たちは何気なく、それでいて彼の視線に気づいていないふりをしながら性的アピールを隠さないようになっていました。

ラアさんやネクさんの肌着や衣類のデザインに恐縮ながら要求する際、全員が村長さんが喜んでくれそうか、の視点です。

さらに村長さんは次々にみなさんの家に遊びに行くため、被らないよう、競争が激しくなりつつあります。

現状、シルフィさんやノエルさん、アウラさんに手を出していないので、露骨に攻めることはできません。静かな女の戦いの幕が切って落とされたと言えばわかりやすいでしょうか。

ちなみに村長さんは女性の部位で脚がお好みのようです。それをシルフィさんもよくご存知なのか、彼が開発したストッキングを一日たりとも欠かしません。

特に村長さんのお気に入りの黒ストはシルフィさんの専売特許です。さすがに【無限樹系図】の恩恵を与えてくださった彼女を出し抜くわけにはいきません。

そんなことをすれば村八分ですから。

シルフィさんから驚愕の報せが飛んできます。【怠惰】の魔王候補として村長さんが挙げられたこと（人間が魔王候補です！　やはり凄い殿方でした！）、その推薦を見定めるために【色欲】の魔王自らが修道院に足を運ぶこと、村長さんは理念として統合型リゾートなる聞いただけでワクワクすることをお考えになられていることです。

そしてシルフィさんから告げられます。

【怠惰】の魔王に就任したタイミングが対局後に得た命令権の使いどころであると。

ここで村長さんの就任パーティ兼懇親会を同時開催し、奴隷紋を解除。

修道院を出て行き第二の人生を歩むもよし、ここに留まり、引き続き村長の元で働くのもよし。

そう告げてきました。それを村長にお願い――いえ、命令という形で行使しなさい、と。

シルフィさん曰く「間違いなく一つだけ言えることは、統合型リゾートの設立には主人と奴隷としての関係ではなく、主人と志を共にした配下という関係に近くなるわ」と。

嫌々では絶対に務まらない。自ら志願するような者たちを求めているとのことです。

ここまでのことは全てアレン様の筋書き通り。掌の上であること。それを知ってなお、彼のために人生を捧げてもいいエルフやドワーフだけ残って欲しいとおっしゃられました。

きっと誰一人修道院から立ち去ることを考えなかったと思います。

これだけ面白いものを目の当たりにしてきて。奴隷以上の生活や施しを受けておいて。

さらにこの先にも面白いことが待っている。好奇心や探究心の塊であるエルフとドワーフが逡巡などするはずがありません。

シルフィさんの言う通り、ここまでの筋書きができる村長さんは本当に凄い方だと確信しました。言ってしまえば私たちは村長さん自身に、彼なしでは生きていけないよう誘導されたようなものです。当然です。ここまで良くしてもらった上に毎日楽しくて、充実感があって、興味深いことばかりなんですから。

きっと村長さんも心のどこかでは俺から離れられるものなら離れてみろ、なんて思っているのかもしれませんね。

その挑戦状に見事に敗れてしまった私たちは【色欲】の魔王様のおもてなし、お出迎えに心が一つになりました。とてつもない連帯感と熱狂が胸の内に広がっていました。高揚します。

さあ、村長さんの凄さを魔王様に見せつけましょう！

私たち自慢のアレン様をどうか見定めてください――って、えっ!?

村長さんが行方不明!?　どっ、どどどういうことですか！

第四章 ― アレンさん拉致られる② ― Chapter.4

【アレン】

何も耳に入らない。
何も耳に入らせてくれない。
(中略)
押し寄せる不幸に。
本当に何が起きたか教えてよ。
壊れかけのアレン。

女神「草ァァァァ!!」

誰か助けて！　マジで暗闇で何も感じないんですけど!?　ここどこぉ!?　助けてシルフィ（ママー）！

胸中で助けを求めていると、突然光が差す。なにごとかと思えば地面から——いやこれは影だな——身体が出てくる。

これはあれだ【闇魔法】。俺を影に収納して拉致したと推定できる。

「何から説明しようか……そうだな。まずは名乗らせてもらおうか。私は九桜。手荒な真似をしてすまない。だが、こうするしかなかったのだ」

まず猿轡外せや。

「うー！　ううー！　ううう！」

「悪い。あまりにも自然だったから忘れていた」

猿轡が自然ってなんやねん。お前いい加減にしとけよ。

ちょっと、いや、かなり凛とした美人だからって何やっても帳消しになると思ったら大間違いだからな。

クソッ、ポニーテール大和美人が誘拐犯とかなんのご褒——拷問だ。いい迷惑だぜ。アレンまいっちんぐ。

だがこれだけは言っておくぞ。

いくら俺が女に甘いからって伝家の宝刀【再生】をすぐに発動するような軽い男だと思わないことだな！

「赦してくれとは言わない。だが、もし村に蔓延した謎の病から救ってくれるなら煮るなり焼くなり好きにしてもらって構わない。この通りだ」

大和美人、それも凜とした鬼が俺に頭を下げてくる。

煮るなり焼くなり……それはつまり俺の奴隷になっても良いと？

ふむ……綺麗な脚してますね貴女。

なるほど。色仕掛けですか。

やれやれ。そんなものに何度も何度も引っかかるアレンではないわ！

「話を聞こうか」

女神「誘惑に弱すぎィ！　お前本当に美脚好きだな！　きっしょ」

ぶっ〇すぞ！

どうもみなさんこんにちは。壊れかけのアレンです。

女神「アレンさんは猿轡がデフォでも違和感ないようですよ……ふふっ、あははは！　お腹、お腹いたいよぉ」

いつか貴様をヒイヒイ言わせてやる。ベッドの上でヒイヒイ言わせてやる！

女神「えっ、そんな!?　もう休憩時間終わりですか!?　私の転生担当者の子がこれから楽しそうなことになってるんです！　時間休を！　時間休を申請──ああっ、ちょっと先輩、羽衣引っ張らないでください！　伸びちゃう、伸びちゃう！　私の一丁羅が！」

なんか知らないが早速女神が痛い目に遭っている。ぶははは。いい気味よ。俺を愚弄した罪を償うがよい。

だいたいお前、俺がピンチのときに欠かさず話しかけてくるとか暇人じゃねえか！

女神「それはその……アレンさんは無能ですし、心細いかと思って。せめて不安を少しでも和らげてあげようと世界に介入できない私なりの精一杯だったんですけど……ご迷惑でしたか」

女神ちゃん……！

女神「これからもちょっか――アレンさんとお話ししたいです（潤んだ瞳）」

女神ちゃん……！

……まっ、まあ俺も？　別に本気で迷惑とは思ってないし？

なんだかんだピンチのときに気を紛らわせてくれる女神にはそれなりに感謝もしてるし？

この関係気に入っているというか、感謝してるっていうか……だからその、俺たち付き合っちゃう、みたいな？

ブチッ。

〈女神ネットワークが切断されました〉

お前マジで地獄に叩き落とすからな――人生ゲームで。ここから生きて帰ったら覚えとけよダボ（方言）。

女神の切断っぷりにイライラがＭＡＸになった俺は意識を現実に戻す。

九桜(くおう)と名乗る美脚美人はここなら俺が暴れ回っても対処できると判断したのか、両手両足の拘束も解いた状態だ。

おのれ……俺がここから逃亡できないほど最弱の無能だってか？　その通りだよ！

「まずはいくつか質問させてもらえる？」

「スリーサイズは――」

「――はい。待った」

「すまない。脚に視線を感じたような気がしたのでな。早とちりした」

しまった……！　切断野郎に気を取られてつい反射的に止めてしまった。

せっかく大和美人の方から願ってもない情報を暴露しようとしてくれたというのに。勿体無い。

まあいい。どうせ直接聞かずとも俺には魔眼【全部視えてるぜ】があるからな。とりあえずFカップはありますな。埋もれパイ！　いや埋もれたい！

いやいや。それよりも脚見てたのもうバレてんのかよ。

「ここはどこなの？」

「倭の村だ」

知らねえよ。倭の村だ（凜！）じゃねえんだよ！　そもそもこっちは【色欲】の魔王さんが直々に足を運ばれる日に拉致されてんだぞ。本当に大丈夫なんだろうな。

「俺がいた修道院からどれくらい？」

「そうだな。全力の影移動でも三日三晩はかかっている。測ってはいなかったので正確には答えられない。何百キロメトルは離れているだろう」

めっちゃ拉致られてるんやん。

諸君。もう一度思い返して欲しい。シルフィとラア、ネクたちの言動を。

風魔法の結界で修道院全体を監視、監視蜘蛛の張り巡らせた蜘蛛糸による振動察知。

無能村長は誰にも連れ去れない！　（ドヤ）だったはずだ。

これだけの監視体制、環境でさえ村長は誘拐されてしまうほど雑魚ということか。誰か嘘だと言ってくれ。

なにせここには俺を連れ去ることができた事実があるわけで。

率直に九桜に聞いてみることにした。これで「監視体制？　そんなものは一切なかったぞ」などと打ち明けられた場合、俺はもう修道院には死んでも戻らない！

大嘘つかれてめっちゃ嫌われとるやんけ我。

「いやいや。貴様のいた修道院はなかなかの安全保証だったぞ。風魔法により空気が五感同調されていたからな。24時間当番制になっていたせいで切れ目も死角もない。空気に触れた時点で侵入者が映し出される。風操作において精細緻密なエルフたちだからこそ張れた結界だろう」

疑ってごめんねみんな。しかも24時間当番制で見守ってくれてたの？

しっ、知らなかった……！　今度から深夜番の子たちの家には立ち寄らないようにしなきゃ。

こっちはてめえの保護監視で寝不足だってのに、リバーシなんてやってられるか、とか言われそうだし。

クソッ、言ってくれたらバカな俺でも気ぐらいつけられたのに。これでは完全に気の利かない男である。

女神「道理でモテないはず――いやあ先輩！　羽衣！　羽衣はやめてくださいってば！」

強制遮断された恨みは一生忘れないからな。先輩女神さんの目を盗んで話しかけずにちゃんと仕事してろ。夢で待っとくから。

　女神「女たらし」

　こいつ……！

　九桜は嬉々として安全保証がどれほど高かったのか、説明を続けてくる。

「そうそう。張り巡らされた蜘蛛の糸。あれも厄介だったな。なにせ微かな振動でさえも察知する。あれにより風と同化して監視をすり抜けるというエルフたちの盲点も潰されていた。うむ。今思い返してみても素晴らしい」

　あっ、そうですか。そうなってくると反対に申し訳なさしかないんですけど。

「よくそれだけの監視体制を潜り抜けられたね。すごいよ」

「よせ。照れる」

　手放しで褒めたわけじゃねえよ。お前言っとくけど拉致という罪を犯したことを忘れんなよ。

　撫子美人だから口には出さないけど。俺が女に甘い性格じゃなかったらパンパンやな。

「結論から言うと私は鬼だ。鬼の起源は隠でな。昔から潜むことに関しては天下一品なのだ。あの修道院に唯一穴があったとすれば主がなんの対策もせずに呆けた顔で眠っていたことだろう。まあ、そのおかげで影に落とすことができたわけではあるがな」

　ほらやっぱり原因俺じゃん。なんの対策もって言われても俺固有スキル【再生】しか持ってませんし。

　それもなんか微妙に使いづらい制限付きですし。やっぱり魔法を発動できないってどう考えても弱すぎると思うのアレン。

あと、自然（ナチュラル）に毒吐いてんなお前。呆けた顔とか言う必要あった？

とはいえ、状況は摑めてきた。

結界もきちんと張られていたようで一安心だ。これで俺はシルフィたちにとって少なくとも利用価値のある存在であることは証明された。

大金を生み出す現代知識が尽きないうちは生脚やファッションを楽しめそうだ。いつかは俺を捨てる算段かもしれないが、心理効果に単純接触というものがある。

これは接触する機会が増えれば増えるほど好感度も上昇するというもの。

気がついたらアレンの子を孕（はら）んでいた、という既成事実で一発逆転を狙ってやりますよ！　ぐへへ。

ゲスがひょっこりはんしたところで頭を切り替える。

とりあえず連れて来られた場所が修道院から遠く離れた先だということがわかった。加えて九桜（くおう）の補足によれば拉致してから三日が経過しているとのこと。

影の中は特殊な空間になっており、俺が徳永（とくなが）アレンになっていた体感時間と大きな差があるとのことだった。いや、そもそも徳永（とくなが）アレンってなんや。

さらに九桜（くおう）は倭の村に蔓延する謎の病と口にしていた。そこに【再生】持ちの俺が誘拐された事実。

チートのことを直接彼女に明かしたわけではないが、隠の天才なら修道院で観察済みだろう。今さら確認するまでもない。

彼女の望んでいることも手に取るようにわかる。

九桜(くおう)が口にした自己犠牲も嘘ではなさそうだ。なんと【聖霊契約】を持ち出してきた。

諸君。筆おろしの日は近いぞ！　うひょ。

ただ、心配なのは修道院である。よもや三日も経っているとは思わなかった。

【色欲】の魔王様のご機嫌が気になる。

火の海になっていなければいいんだが……。

そこはシルフィさんたちを信じるしかない。もしも怒り狂うなら【再生】持ちの俺に当たって欲しい次第だ。

俺ならいくらでも復活できる。

シルフィさんたちは一度売れ残りの奴隷、不良債権にまで落ちてしまった過去がある。できればもう二度とあんな目に遭わせたくない。トラウマだってできているだろう。フラッシュバックをさせたくない。

できれば笑っていて欲しい。

リストラ計画を企てるなど相反している気もするが、もちろん本音である。

とはいえ、身を案じていても事態は変わらない。俺は自分の環境で全力を尽くすしかない。

九桜(くおう)も拉致という犯罪の意識がある以上（あるよな？）、村の様子を確認する前に修道院に帰してくれと言ったところで応じないだろう。当然だ。

前世で「お兄ちゃんって本当にお猿さん以下だよね。一緒にお風呂入ろっか」と罵られたことのある俺でも理解できることだ。

高校に進学したあたりで美月(みつき)ちゃんは混浴願望が強くなっていた。もしや俺を性犯罪者に仕立て上げるつもりだったのではあるまいな。

閑話休題。

幸い俺は【再生】というチート持ちだ。

九桜(くおう)の求めていることに応えられる可能性は高い。当の本人も己の命を差し出してまで村人を助けたいと願うような鬼だ。

心の底から悪いやつというわけではないだろう。

色々と気になることや納得の行かないこともあるが、行動に移さない限り進展はない。

やれやれ。どうやら俺はやれやれ系主人公のようですね。

「それじゃとりあえずその謎の病を患った村人のところまで案内してくれる？」

「！　恩にきる！　えっと——」

「——アレンでいいよ。俺も九桜(くおう)って呼ぶけどいいかな？」

「あっ、ああ！　よろしく頼むアレン」

結論から言うと俺はこの一件で思わぬ収穫を手にすることになる。

☆

「ふざけるな！　なぜこの村に人間を入れた九桜(くおう)!?　さては貴様、我々を売ったのか！」

なんか老仙人みたいな鬼爺さんがブチ切れしてる。ちょっと顎髭(あごひげ)伸ばし過ぎじゃない？

アレン知ってる。これ仲間割れ。たいていこういうの爺側悪い。キレるだけ。頭ごなしに否定して、新しいものを受け入れようとしないからこうなる。

「しかしもう村は限界だ。一刻も早く治療を受けさせなければ子どもたちは――」

「――人間はダメだ！　人間だけはダメなのだ九桜(くおう)！　種族が鬼というだけでどれだけ我々が迫害されて来た!?　選りにも選って人間に助けを求めるとは……貴様は破門だ！　この村から出ていくがよい！」

爺さん瓢簞(ひょうたん)ガシッ！

豪速球リリース！

九桜(くおう)さん手刀でズバッ！

パーンッ！　(瓢簞の破裂音)。

パシャア！　(爺さんの飲みかけが俺の横顔にかかる音。汚(きたね)ぇぇぇぇ！)。

「たしかに我々が害されてきたことは紛れもない事実。だが、全員が悪だったわけではない。過去の屈辱を晴らすために人間を根絶やしにする計画など正気の沙汰ではない。まあ、何を言っても無駄だろうがな。ちょうどいい。破門された身だ。好きにさせてもらおう」
あいかわらず隣で女主人公やってる九桜さん。
主人公の俺でさえ未経験なのに追放されてますよ。
このあと覚醒して新しいチートを入手するんだろうか。
それ俺の役目！　涙目。
とはいえ、強制連行された村長室の雰囲気は真剣そのもの。
火薬の匂いが充満してやがる。ピリついてやがるぜ。
当初こそ俺はこんな風に楽観的に考えていた。
【再生】持ちの救世主登場！
←
次々に村人を救出！
←
貴方は私たち村の命の恩人だ！
←
この村にお礼できる余裕はない。もしよければ村娘をもらってくだされ。
←
俺「いただきます！（色んな意味で）」
だと脳内シュミレートしていた。これが本来の異世界転生後の流れだからだ。

よもや出鼻をくじかれるとは夢にも思ってなかった。

権力者vs異端児。ただし、主人公である俺は蚊帳の外、みたいな？

足りない脳みそを振り絞って歴史的背景を組み立ててみる。

まず鬼という種族は人間から忌み嫌われた存在だというのは間違いない。

拉致られた倭の村とやらの生活水準、文明もずいぶんと低い。

これはおそらく定住の地を人間に追われているからだと推定する。

惨めな生活を強要され続けてきた村長は憎しみを増幅。

九桜が口にした「過去の屈辱を晴らすために人間を根絶やしにする計画」から人間にクーデターを起こす気満々である。

【再生】持ちのチートだからこうして落ち着いていられるけど、俺いま敵の腹ん中状態ですからね？

そこんとこ理解していらっしゃる？

「待て――！」

なんか「話は終わった」みたいな感じで九桜さんが立ち上がる。

老仙人のお付き――ムキムキのゴリラ鬼が二人、彼女に摑みかかろうとしていた。

えっ、これやばいやつじゃない!?　村の方針に背いた九桜さんが監禁されてえっちな拷問される展開じゃないの!?

その、できれば面倒臭い展開は抜きで治療だけさせてもらえるとありがたかったですけど!?

こちとら【色欲】の魔王様にブッチしている身分なんでね。早く戻らないと修道院が跡形もなく消えているかもしれないんでね。

やばい！　どうするの!?　どうするんですか!?

お付き――ムキムキゴリラ鬼の手が九桜さんに迫る。

彼女は蚊を相手にするかのように手を払うと、

――パチッ……ビュンッ……ドゴォッ！

メキメキメキメキ！！！！

お付きは一瞬で吹き飛ばされ、村長室の内壁にミシミシとめり込んでいく。

ムキムキゴリラ涙目。いや、白目。泡を吹いて卒倒している。

まさかの剛力系女主人公ですか。

吹き飛ばされたゴリラさんたちどう見ても100キロ以上はありますよ。

それを雨が降っていたから傘をさしたぐらいの軽い感じでやられてもですね。

理解が追いつかないというか、彼らの面目が立たないというか、貴女筋肉メスゴリラですかというか。

「女に気安く触れるなァ！」

ブチ切れしてますやん九桜さん。

「……っ」

絶句してますやん鬼の村長さん。

いや、まあ、村長さんは見るからに身体の線細いですもんね。失礼は承知ですけど余命○年みたいな。手足も痺れてますし。

あからさまに病に蝕まれていますよね。そんな病弱で合計２００キロ以上の大男たちが一瞬で吹き飛び、壁にめり込んだ光景見せられたら言葉も出ませんよね。わかります。【再生】持ちの俺ですら「ちょっと……」と思いますもん。心中お察しします。

「行くぞアレン」

「えっ、村長は治療しなくてよいのでして？」

「復讐を糧にして、生に執着する老いぼれなどくたばってしまえ！」

言い方ァ！　九桜さん、あんた言い方ってもんがあるでしょうよ。

いや、まあ人間の俺からすれば危険人物に違いないんでしょうけれども。

けど、こういう復讐が生み出す負の連鎖ってどちらか一方だけが悪いってことはないじゃない？

だからまあ訴えかける手段は決して赦されるものじゃないことは重々承知しているけど、村長さんの気持ちもわからなくもないわけで。

人間に頼りたくないんですよね。

人間に借りを作りたくないんですよね。

人間を赦せないんですよね。

それを脳筋が腕力だけで解決しようとしていることに脳の整理が追いつかないんですよね。

ええ、ええ、わかりますとも。事実俺も目の前で起きていることが理解しきれていませんので。

ただ、申し訳ないですけど俺は常に強い者の味方なんです。ぶりぶりざえもんなんです。ごめんなさい。

村長さんの制止も聞かず俺は九桜さんに付いて行くことにした。

☆

ぷりぷりお怒りの――まさしく赤鬼になった九桜さんの後ろを黙って付いていく。

綺麗な、凛とした姿勢。ポニーテールふぁっさふぁっさ。うーん。後ろ姿はドストライクなんだけどな。

なぜだろう。俺の息子がすっかり萎縮してしまっている。手を出そうとしたらムキムキゴリラの二の舞になるかと思うとどうしても二の足を踏む。

「――失望したか？」

突然歩みを止めて振り向く九桜。

シャフト角度です。

あれを見せつけられたあとのこれは怖過ぎますね。

もちろん俺は紳士なので顔には出しませんけど。

女神「足腰震えてますよ？」

生きとったんかワレ。

「色々ありますよね」

とりあえずふわっとした言葉で場を濁そう。何が九桜さんスイッチを刺激するかわからない。

「わかったようなこと言うんじゃねえ！」と脳漿爆裂させられても困りますので。

「我々鬼という種族はたしかに人間たちに迫害されてきた。ただそこにいる、というのが許せない者たちにな」

「色々ありますよね」

「そういうお前は鬼に対する忌避感がないな」

「えっ？　そういうのってわかるもんなの？」

やばい！　九桜さんのことメスゴリラにしか見えないとか思っていることがバレたら俺は死ぬ！

「私は鬼の中でもよく鼻が利く方でな。殺気を始め負の感情を察知することができる。うん？　なにかやましいことでもあるのか」

ドキッ！　アレンさんピンチ！

しかし、これが噂のシルバーバック（ご存じない方はググって欲しい）か、などと思っていたことがバレるわけにはいかない。

「人間誰しも褒められない思考や感情を抱くものだよ。平和でいたいなら余計な詮索はしないのが一番じゃないかな」

「全くだ」

あっ、危ねえ……！　危うくムキムキゴリラ鬼さんと同じ運命を辿るところだった！

この緊張感……肌がざわつくぜ。

なんにせよ俺は平和な国に生まれ育った善良な一市民だ。肌の色や目の色、性別で差別するような価値観や思考は持ち合わせていない。

奴隷制度が実在する異世界や多様な種族に驚きこそしたが、現在じゃ受け入れられている自分がいる。

現地人が忌み嫌う種族だから【再生】を発動しない、使いたくない、など微塵も思わない。

「ふっ。貴様は変わっているなアレン。私を初めて前にしたときから嫌な臭いはしなかった」

ええ、そりゃまあ。女性って匂いに敏感ですから。そこは【再生】で気をつけていますよ。

余談だが、この世界にも【浄化】がある。身体を清潔に保つ魔法だ。

俺は魔法を発動できないので綺麗な肉体に戻す――再生することで代用しているというわけだ。

入浴やお風呂が浸透していない理由はここにある。

たしかに湯に浸かることなく、一瞬でその目的が果たされるのであれば、わざわざ時間と手間をかけ、ましてや衣服を脱ぎ捨て無防備になどならないだろう。

アレン、これ、すごく良くない習慣だと思ってる。ダメよ〜、ダメダメ。

お風呂にはリラックス効果もあるんだから。前世では入浴が趣味の女性も少なくない。

時間と手間をかけるだけの価値があることをこの俺が証明してやりますよ。

諦めません。混浴するまでは。

「ついたぞ」

☆

「九桜(くおう)。子どもたちに【再生】をかける前に先に言っておきたいことがある」

「なんだ」

「まずは症状を確認したい。もし子どもたちに俺のことを聞かれたら医者として診察に来たと伝えてくれ」

「ああ。それは全く構わない。しかし、なぜだ。【再生】をかけてくれるならそんな二度手間になるようなことをする必要はあるまい。いや、そうか人数制限があるのだな？」

「うんまあ、それもある」

九桜(くおう)がそう勘違いしてしまうのも無理はない。

俺の【再生】を隠し見ていたことがあったとしても、最高人数は奴隷の五十人がMAXだ。

さらに俺はこの世界に転生してから裏切られることがない、信頼できる（そういう意味では奴隷が最適）対象にしか【再生】を発動しないことを信条として生きて来た。

つまり、九桜(くおう)が勝手に人数制限という縛りがあることを勘違いしてしまうのも頷(うなず)けるわけで。

結論から言えば【再生】は全く魔力を消費しない。そういう意味では人数制限もあって無いようなものだ。

問題はそこじゃない。

「これは俺にとって切り札。最後に切るべきカードなんだ。無闇矢鱈に発動したくない。これは俺のエゴだが曲げるつもりはない」

「承知した。尊重しよう。アレンのそれが神域であることは私も分かっているつもりだ。そのチカラが公になれば脅迫、暴力、権力により独占しようと考える者も少なくない。私も種族上、そういったことには理解があるつもりだ。私も口外しないことを【聖霊契約】に追加しよう」

九桜。貴女いい女ですね。

脳まで筋肉でできていると思ってました。

「ありがとう。症状によっては【再生】を発動せずに治療できるかもしれないし、できるならそうするべきだと思ってる。根本的な原因を解決しないと再発するのは時間の問題だしね。その度に誘拐されても困るし」

「すまない。本当に申し訳ないと心の底から思ってはいるのだ。理解してくれとも、納得してくれとも言わない。罪は必ず償おう。子どもたちの命を救ってくれるなら私はどうなろうと構わない。手段も問わない。【再生】でなくとも治療できるなら任せよう。この通りだ」

頭を下げる九桜。うん。手段こそ褒められたものじゃないけど完全に悪い鬼じゃなくてよかった。ネクといい九桜といい、根はいい奴に誘拐されたのが不幸中の幸いというべきか。

これが大犯罪人を【再生】して欲しいだと間違いなく一悶着だ。その点ではありがたいとも言える。

さて、鬼の子どもたち（と言っても見た目は人間にしか見えない）の様子を確認したところ、症状は主に以下の通り。

手足のしびれ。

最悪、心停止による死亡——心不全か。

食欲不振、下半身の倦怠感。

進行すると手足にチカラが入らず、寝たきり……。

あれれー、おかしいよー。

俺はシルフィからもらった植物図鑑を思い出す。あれには間違いなく記録されていなかったはず。

けれど目の前にしている病気、症状は俺が知識として持っているアレにそっくりなのである。

倭の村。鬼。大和撫子。和風美人。

上述の症状。村全域に蔓延っている病。

俺の頭の中でピースが次々にはめられていき、一つの答えが浮かび上がってくる。

「……九桜。一つだけ聞いてもいい？　もしかしたら答えにくいことかもしれないんだけどさ」

「何でも聞いてくれ。私に答えられるものなら隠すつもりはない」

「それじゃ単刀直入に言うね。鬼たちってさ——」

ごくり。九桜の唾を飲み込む音が響く

「もしかして主食に米食べてるでしょ？」

「なっ！　なぜそれを!?」

九桜（くおう）の反応に図星を確信した俺は不謹慎だとは思いながら心の中でガッツポーズしていた。諸君、日本人の魂、米だ！！！！！！

☆

中世ヨーロッパ風異世界の定番と言えば科学が未発達であることだろう。

魔法という超自然現象により、科学を探究する必要がなく、歪（いびつ）な世界となる。

かつて偉人が「高度に発達した科学は魔法と見分けがつかない」と言葉を遺（のこ）したらしい。

意識高い系のアレンはこの格言を逆に言い換えてみた。

「魔法は高度に発達した科学と見分けがつかない」

ということは、魔法が存在している時点で、異世界の科学は高度に発達済みであると言えるのではなかろうか。

だから前世のような知識や知恵、偉大なる先人が積み重ねて来た叡智が異世界には少ない。

発達済みのものをわざわざ分解し、原理を追究する必要性がないからだ。【回復（ヒール）】が医学を駆逐しているように。

ＱＥＤ証明完了。我が名はアレン！

フッ。ようやく主人公らしくなってきたじゃねえか。
惚れるなよ？　火傷するぜ？
俺はぜーはーと息を切らしながら大の字で倒れていた。
視界に広がる青い空。青色の下着も良いかもしれない。
あー、見たいな。えちえち展開早く来ないかなー。

「お兄さんざこ〜い♡」

俺は鬼少女にコテンパンにされていた。

木刀を使ったチャンバラごっこでボッコボコにされていた。

倭の村に突如現れた天才脚気(かっけ)専門医アレン。

恩人とも呼べる俺に鬼の子どもたちはやたら挑みたがってくる。

ただでさえカッコ良いところが少ない系主人公だ。

さすがに小鬼(ガキ)に舐められたら終わりである。売られたケンカは買う主義だ。

やれやれ。暴力はあまり好きじゃないんですけどね。

戦わなければ生き残れないわけですか。

……くくく。バカめ。

負け確には絶対手を出さないアレンさんも少女が相手という勝ち確から逃げるほど男が廃っておらぬわ！

脚気であることを的中させ、必要な処置を施しているうちに子どもたちは瞬く間に回復。尋常じゃないスピードで克服してみせた。

鬼といえどビタミン欠乏症には抗えぬ一方で、肉体そのものは人間よりも丈夫にできていたということだろう。

卓越した反射神経、動体視力。しなやかな可動領域。柔軟性。殺気や気配の高感知。発達した筋肉。衰えることを知らない肺活量。

パッと思いつくだけでもこれだけ優れた子どもたちが木刀握り、俺をフルボッコにするため毎日行列ができるという。

しかも「先生！　今日もよろしくお願いします！」などと無邪気な笑顔でお願いしてくるのだ。子どもの特権を無意識に行使するとは卑怯者め……！

どれ揉んでやろうではないか、となることは必至。拒否不可避。結果、俺が揉まれて終わるという。

やはり俺が揉むことができるのはシルフィやノエル、アウラのおっぱいだけということか。凹む。

そもそも鬼は人間から迫害され逃亡生活を余儀なくされたという話だったはず。

なぜ人間の俺に絡んでくるのか。無能に親近感が湧いたのだろうか。

嬉しくない。

「また負けちゃったねザコのお兄さん。どーしてもって言うなら、もう一戦してあげてもいいよ。お兄さんも見たいでしょ？」

チラッと胸元を肌けさせ谷間を見せつけてくる。外見年齢は十二歳～十四歳。俺のことザコお兄さんと呼ぶメスガキの名は凜ちゃん。九桜の弟子である。

「ふんっ。十年早ぃ」

「カッコ付けてるくせに鼻血出てるー。や～ん。やっぱり見たいんだ。年端もいかぬ女の子を脱がしたいんだー。お兄さんのス・ケ・べ♡」

はうっ。こらっ！　耳元で囁くでない。

良くない癖が芽生えたらどうしてくれる！

「責任取ってあげようか？」

クソッ、なんだこれは……！　メスガキなのにエロい！　Bカップのくせに！（魔眼【全部視えてるぜ】測定）。

色気があるお姉さんがタイプの俺が落城寸前だと!?　恐るべし凜ちゃん……！　先行きが怖いぜ。

ていうか、今さらながら俺普通に倭の村に馴染み過ぎじゃね？　拉致られてからどれくらい経った？　一月は過ぎてるよね。

あの……シルフィさん？　そろそろ俺の居場所探知できないもんですかね？

いや、【色欲】の魔王が怒り狂ってそれどころじゃない可能性もあるわけでご無理は申し上げられないんですけど、そろそろまた救出に来て欲しいなー、なんて。

脚気である裏付けと経過観察があったから九桜に「帰らせてくれ」と言い出せなかったが、さすがの俺もシルフィたちの身が心配になってきた。

もはや俺のご主人様になりつつある彼女たちに危害を加えたら報復に行かねば。

まっ、ネクが【色欲】の魔王幹部だし、上手く取り持ってはくれているとは思うが。

「師匠はうなじが性感帯なんだよ。【聖霊契約】で奴隷にしたんだよね？　確かめてみれば」

ほう。あの剛力系女主人公にそんな唆る一面があったとは。

倭の村に蔓延っていた謎の病気はやはり脚気だった。治療方法を知っているだけで俺は凜とした鬼――九桜を奴隷として手に入れることができた。

虫を払うようにしただけで１００キロはあるであろう大鬼を吹き飛ばすメスゴリラ。いくら外見がドストライクかつ【再生】持ちとはいえ、対等なまま手を出すのは恐怖心が勝る。

だがしかし奴隷紋。ここに奴隷紋が加われば状況は一変する。

ヘタレなおかげで、シルフィたちに何一つ命令できない俺ではあるが、今回は勇気を振り絞ってみようと思う。

二人きりの場で「俺とエッチしてくれ。受け入れるんだ九桜。種付けプレスさせろ！」と言ってやるのだ。元ひょろガリクソ童貞の俺が怪力系美人鬼とエッチ。なかなかに燃えるシチュエーションではないか。

ぶはははは！　完璧な作戦だ。九桜は鬼の起源は隠だと言っていた。

人間から追われている事実も踏まえるに倭の村は発見が困難な場所にあるはずだ。

ネクのときは早い段階でシルフィさんたちが救出しに来てくれた。美人で有能すぎる彼女のことだ。きっと俺が知らない何かしらの手段で探知してくれたに違いない。

しかし今回はどうだ。一月だ。これは倭の村が持つ隠密性が関係しているに違いない。

つまり俺はシルフィたちに見つかる前に童貞を卒業。

自力で帰還orシルフィたちが発見してくれる頃に俺は一皮剝けて男として成長。

噂によれば童貞を卒業すれば心に余裕と自信がつき、これからの言動次第ではモテスパイラルに突入することも珍しくないとのことではないか。

スーパーアレンさんになることでシルフィやアウラ、ノエル、さらにラアやネク、【色欲】の魔王様とも一戦交えることができるかもしれない。

神は俺を見捨ててはいなかった……！

さらに凛ちゃんからうなじが弱いという思わぬ情報も手に入れた。

「九桜。少しいいかな。二人きりで話したいことがあるんだ」

「承知した。場所を移そう。覚悟はできている」

覚悟はできている……！　諸君。レディの方からまさかのＹＥＳサインですよ！

やった、やった！　これでようやく大人の階段を登ることができる。

というわけで倭の村にある崖の上。

ビュウビュウと風が九桜の艶やかな黒髪を撫でる。彼女は長いそれを耳にかけ俺の言葉を黙って待っていた。

舞台はこれでもかというぐらいに整っている。さあ、言えアレン！　言うんだ！

「俺と――」

「「「アレン（様）！」」」

「「ようやく見つけたぜ（わ）！」」

「こんなところにおりんしたか」

神は俺を捨てたもうたか。

……チミたちさあ。なんちゅうタイミングで駆けつけて来れてんねん。いや、嬉しいよ？

嬉しいに決まってるじゃん。久しぶりにみんなの声を聞けたし、無事だったことがわかったんだからさ。そりゃ一安心だよ。

でもさ、時と場所を弁えなくちゃいけないっしょ。

俺がこれから頼もうとしていることって、

「種付けプレスさせろ！」やで？

勇気を振り絞って雄の願望をストレートに伝える寸前やったんで。

しかも凄い色香醸し出してる新キャラまでおるやんか。

ふわふわもふもふ間違いなしの狐耳に九本の尾。しかも花魁衣装。女狐なんて言葉が頭によぎるんですけど。

もしかして【色欲】の魔王様でしょうか？

初めましてアレンです。まずはお友達エッチからさせてください。

「俺となんだ？　続けてくれ」

九桜くん。キミもさ、もう少し空気読もうや。俺の仲間が最悪のタイミングで駆け付けて来てるんやわ。

この状況で「エッチしてくれ」なんか言えると思う？　しかもこっちは元ひょろガリクソ童貞なのよ。わかる？

つまり頭真っ白。全く予想していない事態にまーしろっ。

俺との次に続く言葉なんか全く思い浮かばないわけよ。だって代案なんて用意してないから。そんな余裕もありませんしね。

一体どうしてこんなことになってしまったのか。

この村に拉致されてから俺のピーク――ハイライトを思い出すことにした。

☆

魔法が存在することにより、この世界の医療はハイリスクハイリターンだ（ここで言う医療にはもちろん魔法は含まれてない）。

かつては神童と呼ばれていた俺は予習を怠らない。えっ、なんの予習かって。

そんなの決まってるじゃん。

『異世界転生後のチート項目』である！

美月（みつき）ちゃんによれば「お兄ちゃんって異世界転生しても弱そうだよね。ほら……俺ＺＡＫＯＯＯ（ザコオオ）だっけ。一緒にお風呂入ろっか」とのこと。

もはやお風呂のお誘いがデフォになりつつある点は完全無視（パーフェクトスルー）だが、たしかにその通りである。

一体いつから異世界転生はチート付きだと錯覚していた、みたいな？

事実、俺はこうして戦闘面では無能である。美月（みつき）ちゃんにはいくら感謝してもしきれない。

こう見えて俺の趣味は読書である。貧乏人の強い味方、図書館で本の虫状態だ。

（ちなみにエッチな本は美月（みつき）ちゃんに見つかってしまったときに「見たいなら私に言えって言ったよね」とマジギレされてから吾輩、一度も買ってない！）

そんなわけでビタミン欠乏症はバッチリ押さえていた。なぜかと言えばローリスクハイリターンだからである。

人間は生きていく上で塩が欠かせないことはさすがに誰でも存じ上げていることだろう。

人間にはビタミンが必要であり、不足すると病気になる。

この概念が発見されていなくてもなんら不思議ではない。

致命的にもかかわらず効果は抜群という、無能の俺が活躍できる数少ない知識と言えよう。

脚気は『江戸患い』と呼ばれて日本では罹る者が多かったらしい。白米を食べる習慣が広まったからだ。

死者数なんと毎年数万人。手足が動かなくなっていき、心臓まで停止。しかも原因が不明とくれば怖すぎる。

とりあえず、毎日の食事を白米から玄米に変えてもらうよう九桜に指示。

軽い脚気ならそれだけで治るはずだ。

それよりも気になるのが、精米方法である。

収穫した稲の穂からもみを取る脱穀。

乾燥。

もみすり（もみがらを取る。前世ではもみすり機にかける。こうしてできるのが玄米）。

そして、精米。

玄米の表面のぬかを削り白い米にすることだ。

これだけの作業をどうしているのか確認したところ、

「これから披露するのは米と同じく倭の村では機密事項だ。アレンには明かすが、そのつもりで見ていて欲しい」

「わかった」

【再生】を口外しないと約束してくれた九桜(くおう)のお願いだ。無下になどするはずがない。

「鬼術【阿修羅(あしゅら)】」

ナイフのような刃物を取り出した九桜(くおう)は手を四本生やし、合計六本の手で稲の穂に刃を通す。

目に追えない速さの斬撃が繰り広げられた次の瞬間。あらかじめ彼女の足元に設置していたざるに白米がじゃらじゃらと落下。

魔法の存在により農業機械がない代わりに剣術で精米までやってのけるという。

「凄！」

「鬼は剣術の達人だ。このぐらい健康な鬼であれば誰でもできる」

「その、他意はないけどこれだけの剣術があるなら人間に迫害されないんじゃ」

「まさかそのような戯言(たわごと)を本気で言っているのではあるまいな？」

九桜(くおう)の目つきが鬼のそれになる。デリケートな質問をした自覚はある。

ちょっと想像力を働かせればすぐに答えに辿り着くのだが。これは俺の失態。

「えっと」

「ふんっ。まあいい。アレンからは愚弄の匂いがしなかった。純粋な疑問だろう。いくら剣の達人といえど狙撃魔法には勝てん。それだけのことだ」

「ああ、そういう……」

しまった。俺が魔法を発動できないせいでその視点がごっそり抜けていた。なるほど。鬼の剣術や剣技がどれほど素晴らしくても魔法、それも遠隔からの攻撃には太刀打ちできないわけか。

人間ほど狡猾な生き物はいない。立ち向かうよりも長所である隠を利用した方がいいわけか。

「ごめん。本当に他意はなくて」

「気にするな。こちらこそすまない。村の恩人になるかもしれない主に殺気を漏らしてしまった。許してくれ」

「それじゃお互い様ってことにしよう。ちなみに、にんにくってある？」

「匂いのキツいあれか……それをどうすればいい？」

「精米したときのぬか。これを水に浸けて漉した水溶液にそれをすり下ろして欲しいんだ。あとはそれをゴクっと」

「そっ、そんなものを飲むのか」

九桜の整った眉が寄せられる。

「好き嫌いできる状況じゃないでしょ？」

「あっ、ああ。そうだな」

「あとは朝、昼、晩に分けて飲ませよう。よし。俺も手伝うよ。農業は俺が修道院で役立つ数少ない長所だったから役に立てるはず」

「自ら打ち明けるのは卑しいが鬼は受けた恩を忘れない種族だ。施しには必ず報いよう」

結論から言うと、むしろここからが大変だった。

突如忌み嫌う人間が村にやってきたかと思えば効くかどうかもわからない薬を飲めと言う。

これまで迫害されてきた彼、彼女らが毒だと疑ってかかるのは当然である。

俺は九桜と一緒に村を歩き回り、先に毒味するところを見せてからコンコンと説得を続ける。

ぶっちゃけ【再生】した方が早い上に即効性があるわけで。

逡巡したものの、それを使わずに済むならそれに越したことはないだろう。

俺と鬼、両者にとってだ。

俺はチカラの存在を隠し通すことができ、鬼は蔓延している病の原因が判明。生きる知識、知恵として残る。

こっちもいつまでも桃姫でいるつもりはない。チェリーボーイなのに桃姫。不名誉すぎる。

特に師弟関係にある九桜とクソ生意気なメスガキ凜との間を取り持つのが最も大変だった。

「人間に頼るなんて見損ないました」

「凜。彼は命の恩人になる方だ。口の利き方には気をつけろ」などとバチバチ。

ステイステイ。仲良くしようよ。二人とも綺麗&可愛いんだからさ。

「触るな人間！」

「凜、貴様――！」

脚気で弱った弟子に摑みかかろうとするメスゴリラを取り押さえるのは本当に大変でしたよ。

ただ、彼女の身体にしがみつけるのは役得でもありまして。

程よい筋肉、それでいて柔らかいこの身体のどこに100キロの大鬼を吹き飛ばすチカラが出せるのか。本気で疑問になるほどだ。

九桜の身体は服越しでもわかるほど温かく（どちらかといえば熱いという表現の方がしっくりくるぐらい）、抱きついていいなら冬は最高でしょうな。ぐへへ。

「どけアレン。礼儀も知らぬ弟子をこのまま野放しにすることは私の矜持が許せん」

拳が俺の頬にドーン！

意識と共に一瞬で吹き飛ぶアレンさん。

剛力系ヒロインは人気出ませんよ九桜さん。

災害のような日々を過ごしていくうちに、

「すまなかった。人間への恨みは完全に消えぬが、アレン殿。貴殿への恩は決して忘れぬ」

とあの老仙人鬼村長が直々に頭を下げていた。

ラブ&ピースが一番だよね。

☆

そんなわけで時間の流れは現在に至る。

崖の上にシルフィ、ノエル、アウラ、アラクネ姉妹に色気がヤバすぎる狐さん（【色欲】の魔王と推定)、そして鬼の九桜。

唯一の男である俺は「えっちさせてくれ」と切り出す寸前。

むろん全員集合したこの場でそのままお願いできるわけもなく。

みんなさ、駆けつけるんならもう少し前か後でしょ。どっちでもいいのに、なぜドンピシャ。しかも九桜と対峙する場所が場所だけに全員の注意が俺に集中してんじゃん。

なんか前にも似たようなことなかった?

これデジャブじゃない。

えーい。もういい! ピンチはチャンスだ。

考えろ。考えるんだ。こっちは童貞卒業の機会をみすみす手放すことになるんだ。

それに匹敵するものが欲しい。絶対に何かあるはずだ。この状況を上手く利用して俺の株を上げられるだけの台詞が。

俺と――。

俺と、なんだ。どう続ければいい?

考えるな。感じろ。奇跡の一手は直感から生まれると天才棋士も言っていたじゃないか。

鬼。人間。迫害――。

……見つけた! これだ! これなら【色欲】の魔王も一目置くに違いない。

いくぜ童貞卒業の代わりに俺の評価を爆上がりさせる台詞。

「俺と――

——一緒に種族差別をなくさないか？」

はい。決まった！　決まりました。俺いま最高に主人公してる！

……はぁ。これでまたえちえち展開は保留ですか。村の危機を救っておきながらなんの冗談や。

機転を利かせて童貞卒業の機会を失うという意味不明っぷりに段々と腹が立ってくる。

九桜から風魔法の結界＋監視蜘蛛の【振動察知】が有効だったことを聞いていたとはいえ、軟禁しておいてこの様である。

しかも【色欲】の魔王様は俺のタイプ一直線のセクシー系狐美人。

そんな相手に対して第一印象が誘拐される無能野郎である。あんまりではなかろうか。

器もあそこも小さいなどと思われてしまうだろうが、ぐつぐつと苛立ちを隠せない。

沸点が低い上に、ちっぽけな男であることをつい露呈させてしまう。

「みんな遅かったね」

『！』

俺の嫌味にこの場にいる全員が啞然としていた。開いた口が塞がらない、みたいな。

よせばいいのに俺の開いた口も止まらない、みたいな？

「おかげでもう全部終わっちゃったよ。そういう意味では退屈し始める頃だったからちょうど良かったのかな」

『！』

「アレンあなた……まさか（鬼に連れ去られていることを）全てわかっていたの!?」

このドンピシャのタイミングでシルフィさんたちと遭遇することがわかっていたのかって？

わかるわけねーだろ!!　俺の用意していた命令を文字に起こしてみぃ！

「俺とエッチしてくれ。受け入れるんだ九桜。種付けプレスさせろ！」やぞ！

全員集合することがわかっておきながらこんなお願いを温存してたら本物の変態じゃねえか！

さすがの俺もそこまで肝が据わってねえよ！

だが、ここで「うわーん！　童貞卒業が！　俺の童貞卒業が〜！」と慟哭するのはみっともなさ過ぎる。

新キャラの前でそれはいただけない。

となると答えはＹＥＳしかない。

貴女たちがこのタイミングで来ることはわかっていましたよ、と。

倭の村の危機を救い、外見はストライクの美人にエッチを命令する目前で発見されることはわかっていましたよ、と。

だってお約束だもんね。

主人公補正の御都合主義みたいな？　どこが御都合やねん。タイミング悪過ぎィ！

しかし、どれだけ不満が爆発しようが、俺にはＹＥＳしかない。

なぜなら「一緒に種族差別を無くさないか？」などと口にしてしまっているからだ。

そんな思想、一ミクロンもしたことないのに！　なんやねん。「飢饉をなくす」の次は種族差別もなくす？

マーティン・ルーサー・アレン・ジュニアやないか！　アレン牧師やないか！

いや、そりゃ俺も種族差別なんか無くなればいいと思うよ。平和が一番。ラブ&ピース。けどどう考えても先導するタイプじゃないでしょ！

こっちは脳内の99％『H』で埋め尽くされとんやぞ！　I have a dream。童貞卒業！　やぞ!?

なんの冗談や！

まあ、おかげでこうして（美人）鬼と仲良くなれたわけだし、結果オーライにはしておくけどさ。

「まあね。（道化（ピエロ）っぷりが）俺らしいでしょ？」

「ええ、そうね。（やるときはやってくれる聖人っぷりが）あなたらしいわ」

否定しろや！！！！

なんやピエロっぷりがあなたらしいって。泣くぞ！　いい歳（とし）した男がワンワン泣くぞ！

「また求婚かと思った。さすがアレン」

ん？　いまなんつったノエルさん。また球根かと思った？

誰が頭に花咲かしとるって？　チミたち俺のことをイジメ過ぎちゃうか。

ヘイ尻！　間違えた。ヘイ、アウラのおＳｉｒｉ！　撫でさせて！

間違えた。どういう意味か教えて！

「人間の殿方が鬼の女性に対して種族差別を無くそう、すなわち種族の壁を乗り越えようというのはプロポーズに当たりますわ」

……草。

草ァァ！

まーた、こういうところだけテンプレですか。どないなっとんねん！

こっちは泣く泣く童貞卒業の機会を捨てて英雄風吹かせようと必死なんやぞ。

誘拐される度女性に求婚って、ただの女たらしやないか！

気になって九桜(くおう)の方に視線を向ける。

怪力系美人の鬼は腕を摑み、俯きながら頬を紅潮させていた。クソッ、ギャップ萌(も)え！　押し倒したい。

「まあ、そのなんだ……末永く頼む」

なにがや。


【シルフィ】


【色欲】の魔王に助力してもらっておきながら駆けつけるのに一月もかかってしまった。

失態。大失態。

今度こそアレンに失望されるかもしれないと私の焦りが大きくなっていく。

風の五感同調範囲を広げていくものの、捜索網に全然引っかからない。

【色欲】の魔王、いえ、九尾(きゅうび)に確認したところ、手練れであることは間違いないとのことだったわ。

魔力残滓なし。争った形跡もなし。アレンの存在だけが静かに消えた。

痕跡がなさ過ぎる、と。

「これは痕跡がないことが痕跡やろなあ。おそらく鬼。その類の仕業でござりんす」

鬼――隠。

人間に追われる立場となり長所である隠密が唯一無二になりつつある存在。

手がかりがなくどこに連れ去られたか全く分からない状況。

結局私たちは人海戦術に頼ることになったわ。エルフたちは風、ネクとラアは蜘蛛の出張拡大。

けれど時間だけが過ぎていく。

アレンが連れ去られてからちょうど一月。

「ようやく待機時間が終わったわ〜。アレ、開眼してもいいかしら九尾ちゃん」

「……へえ。ネクの方からお願いでありんすか。そう言えば間夫でありんしたな。どうぞお好きにしておくんなんし」

「それじゃ遠慮なく使わせてもらうわ〜。【千里眼】」

詳細を確認するにアラクネ姉妹は魔眼【千里眼】を所有。

ラアは大怪我を負ったときに失ってしまったらしく、現在は姉のネクだけが開眼できるらしいわ。

【千里眼】は術者の望む情報を一つだけ視ることができる眼。

効果が圧倒的なそれは一月に一度しか発動できない切り札。

それをアレン捜索のために切ってくれたネクには感謝しかない。当然、何かしらの見返りを求めてのことだとは思うわ。

エンシェント・エルフの名にかけて相応しい報酬は払うつもりだったわ。たとえ一生を捧げても。

けれどネクは、

「そうね～。それじゃこれからもラアちゃんをよろしくお願いするわ。ご贔屓にね～」

とのこと。

これもアレンのカリスマ——例えようのない魅力が為せる人徳かしら。流石としか言いようがないわね。

アレンは数百キロメトル先、倭の村に連れ去られていた。

移動だけでも数日はかかる距離。

私とアウラは風に乗って、アラクネ姉妹は強靭である六本の脚力。凄まじい跳躍と糸を巧みに利用し、信じられない高速移動。

ノエルは仲良くなった大型蜘蛛系モンスターを操縦。

息一つ乱さず疾走する【色欲】の魔王。

自慢になるでしょうけれど、卓越した種族の集まりであることは間違いない布陣ね。

けれど最も異次元だったのは私たちの主人、アレンの方だった。

「みんな遅かったね」

遅かった……？　えっ、ええ。たしかに連れ去られてから一月経ってるわ。

風の魔法を利用した結界、監視蜘蛛の【振動察知】という万全の体制にもかかわらず、誘拐させてしまったことは本当に申し訳ないと思う。

けれど、相手が鬼となれば話は別よ。

人間という生物である以上、気配を完全に消し去ることは不可能。

息、体温、心臓の鼓動、匂い。どれだけ上手く息を潜ませても生物上避けては通れない証拠が残るもの。

たしかに私も慢心していたわ。けれど透明になった程度では五感が同調した風が必ず察知する結界。大気の流れ一つだけでも侵入者を特定できるほどだもの。

つまり鬼は隠密、諜報、攪乱、工作などの分野において超一流。右に出る種族はいないわ。

見たところアレンは己を連れ去った種族を鬼と認識している様子。

なのに余裕綽々の、涼しい笑顔で彼は「遅かったね」とそう口にした。

九尾でさえ捜索はお手上げにもかかわらず。

けれど嫌味な感じはなくいつもの飄々とした感じ。ここにたどり着くことはわかっていた。でも思ったより時間はかかったねとでも言いたげな軽い口調。

鳥肌が立つのを抑えられない。

だって、

「おかげでもう全部終わっちゃったよ。そういう意味では退屈し始める頃だったからちょうど良かったのかな」

すでに一仕事終わらせているんだもの。

もはや、尊敬を通り越して畏怖よ。

これで【再生】による問題解決なら話はわかる。

けれどこれは後になって九桜（くおう）から直接聞かされた話なのだけれど、彼はそれを一切発動せずに村の危機を救ってみせたらしい。

「アレン貴方……まさか（鬼に連れ去られていることを）全てわかっていたの!?」

「まあね。（道化（ピエロ）っぷりが）俺らしいでしょ？」

「ええ、そうね。（やるときはやってくれる聖人っぷりが）あなたらしいわ」

時と場所が違えば間違いなく抱いて欲しいと懇願していたでしょうね。

圧倒的な存在を前に子宮が疼（うず）く、とでも言えばいいのかしら。女は優秀な遺伝子を望む生き物だもの。当然よ。

「また求婚かと思った。さすがアレン」

きっとそれはノエルも同じだったんでしょう。わかるわその気持ち。

それにこの光景は二度目だもの。今度は求婚なんて勘違いはしないわ。

飢饉をなくす。種族差別をなくす。

そこだけ切り抜けばただのビッグマウス。けれど彼の場合、本当に成し遂げられるかもしれないと錯覚できるほどの、いいえ、信じられる実績がある。

「人間の殿方が鬼の女性に対して種族差別をなくそう、すなわち種族の壁を乗り越えようというのはプロポーズに当たりますわ」

そうねアウラ。今回で二度目とはいえ、もう少し言い方は考えた方がいいんじゃないかしら。

「まあ、そのなんだ……末永く頼む」

ほら。女の子をまたそうやって勘違いさせて……手遅れかもしれないけれど、彼女にはきちんとアレンのことについてコンコンと言い聞かせないといけないわね。

勘違いして夜這いなんてかけてしまったら彼女に恥をかかせてしまうもの。

カッコ良いことは認めるけれど……災害のように無自覚に女を攻略していくのは決して褒められたことじゃないわよアレン。

それでもあなたであり続けるつもりなら、せめて責任を取りなさい。

【九桜(くおう)】

種族差別をなくす？　正気か？

というかアレン。貴様、それは求婚に当たる言葉だぞ。

たしかに感謝はしているが――。

なっ……！　どういうことだ!?

なぜ倭(ここ)の村がわかった……!?

「みんな遅かったね」だとアレン！　まさか貴様、いずれ彼女たちがここにたどり着くことが分かっていたのか？

なんという信頼感。そして胆力。そんなことをおくびにも出さず村の危機にあたっていたところもまた驚きを隠せん。

なんという奴だ。この御仁はこの私が――鬼の最上位にして希少種、幻鬼の姫と呼ばれた私が仕えるに値する男なのかもしれん。

差別をなくすなど、本来なら笑止も笑止。犬も食わぬ大義だ。

しかし面白い。この場に九尾も駆けつけるなど想像だにしていなかった。

鬼の血が湧き肉躍る。濡れるではないか……！　練り上げられた魔力。おそらく魔王クラスの強者だろう。

是非とも一戦交えたいものだ。むろんここで暴れるわけにはいかぬがな。

なるほどアレン。貴様さては私と同じように真の実力を隠していたな。面白い男だ。

脚気という病を一瞬で見抜き対処してみせたところから、見る目が変わってはいたが、なるほどたしかに。王の風格、器を感じさせるところもあるな。

阿呆は偽りか。時折みせる幼児のような振る舞いは爪を隠すための仮面。

しかし、まあなんだ。

私は鬼の希少種でな。女として扱われた経験がなく、そのこういうことには疎くてな。

我ながら生娘かと喝を入れたいのは山々なのだが、ここまで愚直に口説かれると、その照れるな。

よもや幻鬼の私に照れるなどの感情があったとは驚きだ。

「まあ、そのなんだ……末永く頼む」

【九尾(きゅうび)】


蛇が出るか鬼が出るか。

よりにもよって幻鬼でありんすか。

これはこれは。とんでもない女でありんすな。

本来はわっちが欲しいでござりんす。

エンシェント・エルフにエルダー・ドワーフ。ハイ・エルフ、アラクネ姉妹に加えて幻鬼まで。

これはアレン殿の評価を三段階ほど上方修正でありんすな。

それに聞けば倭の村に蔓延った謎の病を見抜き治療したとござりんせんか。

これは遊郭でぃりんせん病、なんとかしておくんなんし。

その暁にはわっちは正式に人間のあんさんを【怠惰】の魔王に推薦、贔屓にしますよって。

【ノエル】

アレン凄い。カッコ良い。
また一緒にいられる。嬉しい。
次は何をつくれば喜んでくれるかな。

【アウラ】

さすがアレン様。シルフィやノエルちゃんを骨抜きにする殿方ですわ。
ネクさんや九尾(きゅうび)様に一目置かれるだけのことはありましてよ。
これはわたくしもうかうかしていられませんわね。もっと成果を出しませんと。

【ラア】

ったく、心配したぜアレン……！
さすがのラア様も幻鬼を奴隷にしているのはビビっちまったがな。

【ネク】
ラアちゃんがあんなに必死に捜索に参加するなんてね～。これは私も色々と考えないといけないかしら。

【エピローグ】

【アレン】

助けに来てくれた【色欲】の魔王は俺の身の安全を確認するや「想像以上でありんした」と言い残してそそくさと退場。

なにが想像以上だったんだろう。想像以上にバカでありんしたということか。凹む。

シルフィさんから詳細を聞けば、なんとネクがすごい魔眼を開いてまで居場所を特定してくれたというではないか。

【色欲】の魔王の期待も最高潮に達したことだろう。

しかし、姿を現したのは前世の知識を知っていたというだけでイキりまくり、あろうことか助けに来てくれたシルフィさんたちに「遅かったね」などと八つ当たりする最低なクソ人間。この光景を目撃した【色欲】の魔王は幻滅したことだろう。

クズ野郎の捜索に時間をかけ過ぎたためか、急を要するとのこと。

ネクは「ラアちゃんをよろしく〜」と言い残し花魁狐美人さんの後を追うようにして去ってしまった。

余談だが、ラアは【色欲】の魔王の傘下ではないらしく、招集は関係ないそうだ。

さて、九桜が奴隷となった。

凜ちゃんや鬼の女の子を修道院で預かることにもなった。

エルフやドワーフたち奴隷と違って鬼の女の子は留学に近いような関係性である。

鬼族との交流を深めるため、修道院で歓迎会が開かれる運びとなったのだが——。

なにやらエルフとドワーフの動向が怪しくなっていた。緊張感のある視線をこれまで以上に感じる。

心当たり？

奴隷たちから食と住を恵んでもらい、娯楽品で遊び呆け、二の腕や横乳、柔らかい感触を堪能し、拉致、軟禁、拉致のトリプルコンボ。労働は芋畑を耕すだけ。それも土魔法により淘汰寸前。挙句、命を賭して救出してくれたシルフィたちに向かって「遅かったね」などと当たり散らすというクズっぷり。

これで幻滅するなという方が無理がありますよね。事実、俺と視線が合うやすぐに逸らされてしまう。凹む。

アレン株が大暴落してもおかしくない。

嫌な予感ほど的中するとはよく言ったもので、エルフ奴隷たちがアウラの元に集まり、何やら真剣に話し込んでいる。

その様子を視線の端に捉えた俺は【再生】に隠された機能――【再生】を発動することを決意する。

誤字？　いや、違う違う。多義語なのよねこれ。

説明すると、範囲指定した音声を再生できるというもの。

ただし、再生時間は最大9秒、範囲は半径2〜3メトル。同範囲内での連続発動は不可という条件付き。

諸君、この再生の活用方法があれば是非ともご教授いただきたい。

現在の俺には女風呂を指定し、きゃっきゃうふふを音声で楽しむという方法しか思いついてない。

いや、もうマジでどうやってこれ使えばいいの。

世界の外側から「よせばいいのに」なんて聞こえてきそうだが、俺は躊躇うことなく【再生】を発動した。

いけ盗聴、キミに決めた！

アウラの周辺を範囲指定し、いざ――、

『「村長さんの奴隷をやめたいんです！」

「私もよ」「私もです」』

うぎゃあああああああああ！！！！

俺はのたうち回った。

クソがッ！　床がキンキンに冷えてやがる！

【アウラ】


わたくしの元にエルフ奴隷が集まりましたわ。その瞳には決意が宿っておりましてよ。

彼女たちとは衣食住を共にしてきた仲。みなまで言わなくてもわかりますわ。

奴隷としてではなく、独立したエルフとして、女としてアレン様を支えたいのですわね。

なにせ倭の村では【再生】を発動することなく、まして奴隷のわたくしたちに頼ることなく救ってみせましたわ。

合流したときにはもう現地の鬼族から厚い信頼を得ていた事実。

飢饉だけでなく、種族差別もなくしたい理想。

あの瞬間、わたくしは確かに見えましてよ。

王として、人の上に立つ者としての片鱗(へんりん)を！

ですから、エルフの気持ちは痛いほど理解できますの。

ただの主従関係では物足りない。己の意志と覚悟による新たな関係を築きたいのですわ。

「安心してくださいまし。わたくしも同じ気持ちでしてよ」

エルフ奴隷たちを連れてアレン様の領域に最も近いシルフィの元へ。

わたくしたちから発せられる決意は並々ならぬ熱を持っていたに違いありませんわ。

シルフィは一目見て何事かを瞬時に把握した様子。流石ですわね。

わたくしは以前から聞いてみたかったことを口にしてみましたの。

「シルフィはエンシェント・エルフ。本来なら奴隷など相応しくない存在ですわ。貴女は負債を返済して自由になりたいと思わないんですの？」


【シルフィ】


アウラがエルフを連れて私の部屋にやってきた。

何事かと思いきや……ああ、そういうこと。

アレンの資質・才覚にあてられて心酔してしまったのね。仕方がないわ。

倭の村の一件は痺れたわ。まさか【再生】を発動することなく課題解決していたなんて。

人間に虐げられてきた鬼族と協力関係を結ぶほどの信頼まで勝ち取って来た。

それも私たちが合流する前に――。

奴隷の私たちが本気にならざるを得ない王としての片鱗。

彼の理想を実現するためにただの主従関係では遅い。

求められるのは自主性と圧倒的な思考力。少なからず今後は結果も求められることになるでしょう。

飢饉、種族差別、魔王就任、統合型リゾートの設立、幸福感や楽しみの支配（世界平和）の実現ｅｔｃ。

やるべきことは山のようにあるわ。それらをいちいち命令していたら長寿種相手でも全く時間が足りない。

だからこそアレンは決して命令しない。

最初から彼が求めていたのは自主性。思い返してみれば一貫しているじゃない。

彼と共に歩むために必要なものは二つ。己の意志と覚悟。

エルフたちは固まったようね。

「シルフィはエンシェント・エルフ。本来なら奴隷など相応しくない存在ですわ。貴女は負債を返済して自由になりたいと思わないんですの？」

アウラが核心に迫ってくる。

私は妄想する。ご主人様と奴隷という関係ではなくて。

い、い、い、いもしも私という存在がアレンの一部になることができたら。

それはきっと幸せなことだわ。ええ、間違いない。

そう信じられるぐらいには彼のことを信頼してしまっている。

だからこそ答えは決まっている。

「なりたいに決まっているじゃない」

でもそれはもっと先の話よ。まだ私は彼の下で見てみたい景色があるの。
だから今は――、

【アレン】


エルフ奴隷たちがぞろぞろシルフィの元に集結していく光景に居ても立っても居られなくなった俺は再度【再生】を発動。

人間というのは身銭を切ってわざわざ恐怖に打ちのめされたい生き物、早い話がドMである。

ホラーというジャンルが栄えているのが何よりの証拠だ。

だからこそ俺は怖いもの見たさに、いや、怖いもの聞きたさに駆られて音声を再生してしまう。

「シルフィはエンシエント・エルフ。本来なら奴隷など相応しくない存在ですわ。貴女は負債を返済して自由になりたいと思わないんですの？」

アウラぁぁぁぁぁぁぁぁぁぁっ！！！！

おまっ、なんちゅうエグい質問をしてやがる!?

お願いだシルフィ！　謝るから！

えっちぃ目で見たこと！　セクハラしたこと！　食っちゃ寝ボディタッチリバーシしたこと！

己は無能にもかかわらず八つ当たりしたり、拗ねたり、幼児化したこと謝るから！

だから見捨てな――、

「なりたいに決まっているじゃない」

――俺は凍死した。

☆

暗転しまして、気がつけば酒の席。鬼族を迎え入れる宴会です。

これでも一応、村長という立場なので顔を出します。もちろん絶望を顔に出すことはしません。己の胸の内に閉じ込めておきます。

感情と相反した表情を浮かべることは社畜時代の必須技能でしたので造作もありません。

ですが辛いです。視覚から得られる情報は賑やかですが、胸中はお通夜のよう。

それもこれもエルフ奴隷の本心を耳にしてしまったからである。

諸君、恋人のプライベートは決して介入する勿れ。死ぬぞ！　メンタルが！

女の子、怖い！　楽しそうに見えても奴隷をやめたいってずっと思ってたんですかね⁉

いえ、自分の行いを振り返ってみなさい、と言われたらおしまいなんですけどね。だって村長マジ無能でしたし。おすし。

はぁーあ！　最初から最後まで散々ですがな。【再生】を授かった当初は桃色異世界生活かと思っていたのに蓋を開けたらこれですか。えちえちしたい！！！！！！！

ふんっ！　もういいよ！　そんなに奴隷をやめたいならどうぞご自由に！

こちとら『リストラ奴隷返済計画』を立てていた身！　願ってもない！　痛くも痒くもないわァ！

……うそ。めっちゃ悲しい。つらたん。

だが、職業選択の自由は保障されるべきである。その大切さは嫌と言うほど染み付いている。

まして奴隷のみんなは辛い過去を背負っている上にやるべきことをしている。どこかの食っちゃ寝村長とは大違い。

労働の対価で負債を返済する。何も間違っちゃいない。

むしろ「よく頑張ったね」と労ってあげるべきだろう。

……よし。最初から最後まで何一つカッコいいところを見せられなかった俺なりの意地だ。村長として新たな門出を笑顔で送り出そうではないか！

持ち前の切り替えを発揮し、この酒の場ではセクハラ封印を決意する。

きちんと労って感謝を伝えよう。そもそも俺は絶対養われたいマン。みんなと共に生活を継続するのは無理があったんだ。

そんな胸の内を知ってか知らずか、エルフ奴隷が三〜四人、俺の元にやってくる。

その様子を観察するにシルフィやアウラに視線で合図しているように見える。

ガツンと言ってやりなさい、ということでしょうか。その気持ちわからなくはありません。

俺も退職するときは嫌いな上司に怒濤の放送禁止用語で思いの丈をぶち撒けてやると決めていま

したから。

「村長さん、あの、あの……」

丸めた羊皮紙（たぶん【精霊契約】の借用書）を握りながらエルフ奴隷のティナが言葉に詰まります。

ティナは心優しい女の子でしたから、ご主人様に「臭えんだよ豚が！　いやらしい目で見て来やがって！　死ね！」とこれまでの不満を吐き出すにも勇気がいるのでしょう。

待ちます。待ちますよティナさん。甘んじて受け入れなければいけないですからね。

でも、何の時間なんこれ。やるなら一撃で仕留めて欲しいな。即死希望。

丸まっていた羊皮紙――借用書が開くと同時、

「負債は1ドールだけ残しました！　これが私なりの意志と覚悟です！」

ん？

「私もティナと同じよ」「私も同じです村長」

エリーを始め、広げた借用書を突きつけるように見せてくるエルフ奴隷たち。

ん？　んん？　え？　あの？　ん？

「ダメ……ですか？」

両目を潤ませながら上目遣いで聞いてくるティナ。俺は自他共に認める女の子に甘い性格である。

そんな猫撫で声を出されたらダメとはいえませんよ子猫ちゃん。にゃんにゃんさせてください。

「べっ、別にダメじゃないけどもう負債も返したんだから……」

「1ドール残ってます！」

いや、わかっとるがな。俺が言いたかったのは1ドール、あともう100円ぐらいあるでしょ、それで完済しなさいなってことで。

意味がわからん。一体ティナは、エルフ奴隷さんたちは何がしたいんだ!?

負債を1ドール残すということは契約上は奴隷のまま。

つまり俺にはまだ奴隷五十人を扶養する義務が残っているということ……？

……。

…………。

……………。

まさか──！

真理に辿りついた俺はシルフィへと視線を向ける。彼女は勝気な笑みを一つ浮かべて言う。

「ふふっ。そういうことよ」

やられたあああああああぁぁぁぁ！

負債を1ドールだけ残し、いつでも完済できることを提示。しかし、少額とはいえ負債は残る。

【精霊契約】は有効のまま！

対外的には主従関係でありながら、いつでも自由の身になれるという心の余裕を手に入れただけでなくご主人様である俺の扶養義務は依然継続されるという──！

おのれ、謀ったなシルフィぃぃぃぃぃぃ！

まんまと策略にハマった俺の元にシルフィ、ノエル、アウラ、エルフ奴隷、ドワーフ奴隷が集まってくる。

「これが私たちの決意と覚悟よアレン」

総意を代表して口にしたのはやはりエンシェント・エルフのシルフィだ。

俺は確信した。彼女は陰の黒幕である。

俺は泣いた。いくらなんでもあんまりだ。俺の異世界英雄譚どこ行ったん？

【シルフィ】

負債を1ドール残して奴隷のままでいる。

それが意味するところは己の人生をアレンに捧げるということよ。

自由になれるにもかかわらず、あえて奴隷という立場を受け入れた真意。賢明な彼にはすぐに伝わったのでしょう。

アレンの理想を実現するため、この場にいる全員が己の意志と覚悟で奴隷で居続けることを選んだと。

ちょっと……なに泣いているのよ。アレンの人望ならこれぐらい当然じゃない。

大丈夫。あなたの理想が雲の上にあることぐらい、みんな理解した上での判断。

志を共にする戦友よ。

だからアレンが見たい景色を私たちにも一緒に見せて欲しいわ。これからもよろしくお願いね。

私の――私たちのご主人様。

【美月（みつき）】


聖剣を一振り。

たったその動作だけで何百匹と侵攻して来ていた魔物が吹き飛んで行く。

魔物討伐は嫌いじゃない。暴れ回っても咎められることはないから。

私はいつもここで前世のストレスを解消している。

戦闘中にもかかわらず私は瞼を閉じる。危険？　大丈夫。目を閉じていても視えているから。

——お兄ちゃんが死んだ。

大好きな——心から安らぐことができる人が突如なんの前触れもなくこの世からいなくなった。

「……嘘つき」

思い出す。両親が交通事故で亡くなったときのことを。

現実を受け入れられずに泣きじゃくる私とは対照的にお兄ちゃんの行動は早かった。

神童とまで言われていたはずのお兄ちゃんはいつの間にかバカみたいになっていた。ううん。バカを装っていた。

本当はやりたいことや思い描いていた進路があったはず。

なのにお兄ちゃんは「これで勉強しなくて済むわ」と言って学校を退学してすぐに働き始めた。

遺されたのがお兄ちゃん一人ならきっとなんとかなった。進みたい道を目指しながら働くことだってできたはず。


けどお兄ちゃんは私を養うことを第一に考え、そして行動に移してくれた。

嬉しかったし、感謝もした。申し訳ない気持ちもあったし——心のどこかで安堵した。

私はまだ子どもでいられるんだって。学生でいられるんだって。

それがお兄ちゃんの時間や人生の上で成り立つものであることを理解しておきながら。

最低だ。自己嫌悪した。大好きな兄が自分のやりたいことを犠牲にしてまで妹のことを考えてくれているのに、私は自分のことばかり。だから手首を切った。死ねば全て解決すると思った。どれも自殺未遂に終わっちゃったけど。

どうしたらいいのかわからないまま病み始めた妹。普通なら見捨てるよね。両親が他界して自分だけの生活でも精一杯なのに。

なのにお兄ちゃんは——。

「大丈夫。大丈夫だからね美月ちゃん。お兄ちゃんがずっと一緒にいてあげる。怖くない怖くない」

「——嘘つきっ！」

聖剣を乱雑に振るう。放たれる凄まじい斬撃。バターのように容易く両断するそれに魔物が恐怖する。これが私が【破壊の勇者】と呼ばれる所以。

ずっと一緒にいてあげるって言ったのに……！

私は前世を思い出す。

罪悪感を紛らわせるため勉強し始めた。私の人生がお兄ちゃんの時間の上に成り立つものであることを紛らわせるように。

中学に進学して間も無く検定を取った私は「お兄ちゃんざこ～い♡」と合格証を顔に突きつける。

思春期。お兄ちゃんは罵倒や毒舌に興奮する癖があるのかもしれないと知った。

兄の性癖を知って最初は「うげっ……お兄ちゃん」と思ったけど、これがなかなか兄妹(きょうだい)のコミュニケーションを楽しいものにしてくれた気がする。

「汚い顔してるでしょ？　ウソみたいでしょ？　生きてるんだよ。それで」

怒るかな？　なんて思ったら、「こんにゃろー」だって。なにそれウケるんですけど。

「ちょっとお兄ちゃんセクハ……あはは！」とこちょこちょ攻撃。

妹の全身を弄ってくるとかセクハラだからね！

けど楽しかった。本当に楽しかった。

あの頃に戻りたいなー。

「私のグリーンピースとお兄ちゃんのから揚げ交換してあげる♪」

「困ります！　困ります！　お客様！　困ります！　あーっ！　困ります！　お客様！」

なにそれバカみたい。

「育ち盛りだから……ね？」「揉んで……いいよ？」

お兄ちゃんは絶対に私に手を出さなかった。兄妹なんだから当然と言えば当然なんだけど。

それがまた嬉しかった。家族として、肉親として大事にされていると痛感したから。

私が依存していることや、心苦しさからすぐに価値が認められる若い躰でお兄ちゃんの時間を交換したいって気持ちをお見通しだったんだと思う。

お願いだから、から揚げ返してくださいって……ぶう。これでも私Fカップあるんだよ？

弾力と柔らかさには自信しかないのに。

そりゃブラコンの私でも一線を越えるのはどうかと思うけど、おっぱいの感触を楽しむぐらいいいじゃん。ストレス解消効果も期待できるよ？

言っとくけどお兄ちゃんがおっぱい星人だってこと知ってるんだからね。

「お兄ちゃんって将来、すぐキレる老人になりそうだよね。でも私が介護してあげる。真冬の商店街に放置してあげるから安心してね」

次々に思い出すお兄ちゃんとの日常。

本当は生きなくちゃいけなかったんだと思う。自分の両足で立って、お兄ちゃんのように前を向いて現実を受け入れて進まなくちゃいけなかったことはわかってる。わかってるけど！

でも私は弱い人間だから。

私から大事な人を次々に奪っていく世界と神さまに失望しちゃったから。

だから私は自分で自分の人生を終わらせた。

そしたら女神なんて憎たらしい存在と邂逅しちゃって。

この世界にお兄ちゃんが転生しているかもしれない可能性を知った。

会いたい！　お兄ちゃんに会いたい！

それで今度は私がお兄ちゃんを養ってあげるの！　恩をたくさんたくさん返してあげるの！
ちーとだっけ？　なんか私、他の人にはないすごいチカラがあって地位も金も権力も欲しいもの
が全て手に入るらしいんだよね。
ずっと償いたいって思ってた。
ごめんねって謝りたかった。ありがとうってお礼を言いたかった。大好きだってちゃんと言葉に
して伝えたかった。
「ふふっ。今度は妹のヒモにしてあげるからねお兄ちゃん♪」

あとがき

おっぱい！

失礼。口が滑りました。ご無沙汰しております。もしくは初めまして。急川回レです。

本作の主人公、アレンさんが誕生してからというもの、作者はとんでもないリスクを負うことになりました。

あとがき冒頭が全てを物語っているように「おっぱい！」と口走ってしまいそうになるのです。

おい誰だいま「キモ」って言ったヤツ。それ言っていいのは黒髪巨乳の毒舌妹だけだからな。勘違いすんじゃねえぞ。

想像してみて欲しい。職場の女性上司から「仕事の進捗はどうかしら？」と話しかけられたときの作者を。

間髪入れず「おっ――」と口走る急川。

覚醒するのがコンマ数秒遅くれていたら「ぱい！」と言い切っていたに違いない。

あっ、危ねえ――！

これがイケメンなら許される。彼らは「パンツ何色？」と言っても許されるんだから。(゜Д゜)ｸﾞｯ

だが、あいにく作者は「先輩って死んだ魚みたいな顔ですよね」と後輩の女性職員に言われたことがある男。

容姿が整っていないことは火を見るより明らか。クソが！

そんな作者が突然「おっぱい！」などと叫んでしまったら――。

いや、そもそも後輩ちゃん。そこは普通、死んだ魚のような目じゃない？

それでも失礼極まりないってのに死んだ魚みたいな顔!?　おまっ、ええ加減にせえよ。

大人である作者は後輩の暴言も受け入れ「おっ――」に続く言葉を捻り出す。

言うまでもなく「ぱい！」などと言えるわけがない。

女性と男性の比率が9：1の職場でそれ言ったら社会的死は避けられない。

いや、ワンチャン、「大丈夫？　おっぱい揉む……？」なんて奇跡的展開があるか？

しかし、それに賭けたものの、コケたときに失うものが大き過ぎる！

なにせ作者は新しい所属に異動したばかり。あと2年以上は部署が同じ可能性が高い！

ざわ…ざわ…。

もしもついうっかり「おっぱい！」などと口を滑らしてしまっていたら。

水を打ったように静まり返る職場。女性からの突き刺さる侮蔑の視線。囁かれる陰口。

「あの、視界に入れないでもらえますか。セクハラで訴えます」

なんて言われてみろ。めちゃくちゃ興奮――じゃない！　耐えられない！

足りない脳みそを振り絞った結果、作者の口から出たのは、

「おっ――おおかた計画通りに進んでいます！」

いや、もうアレンさんじゃねえか。

なにが計画通りや！　日常業務に忙殺されて、全く手付かずだろ!?

ヤバいって！

そろそろ加齢臭が気になり始める作者の背中は大量のあぶら汗でびっしょり。

「なんか臭くない？」などと陰口をされないことを切に願うばかりである。

だが、背に腹はかえられない。

女性上司に面と向かって「おっぱい！」などと叫んでみろ！　死ぬ！　死んでしまうぞ！

しかし、作者は決して「完成しています！」などとほざいたわけじゃない。

計画通り、（白紙状態が）進行しています、と言っただけ。ものは言いようとはこのことである。

極論、〆切(しめきり)までに終わらせてしまえばいい。大丈夫。作者ならやれる。

嘘(うそ)を付いてしまったならば、それを真実にしてやる。このコペルニクス的思考。惚(ほ)れ惚(ぼ)れするぜ！

だが、悲しいかなアレンさんのように上手(うま)くいかないのが現実。

女性上司はニコッと笑みを浮かべて、

「そう。それじゃ出来上がっている資料だけでいいわ。プリントアウトしてもらえるかしら。打ち合わせをしましょう」

ひょおっ!?

なんでだよ！　なんでこうなるんだよ！　作者はただ「おっぱい！」を回避したかっただけなのに！

部下の業務の進行管理はもちろん上司の仕事である。彼女は何一つ間違っていない。

というより、任せっきりにすることなく途中経過を気にかけてくれたのだ。デキる。

このあと作者がどうなったか。

白紙状態だったことが露呈し、ブチ切れられました。

もういい！　謝辞です！

担当編集のN村さま。書籍化打診いただきありがとうございます！　本当にお世話になっております。

氏がむちむちの太ももに興奮する変態――げふんげふん、紳士であることは承知しております。

今後ともよろしくお願い申し上げます。

イラストレーターのへいろー様。可愛(かわい)くてお美しいイラストを描いていただき、ありがとうございます。感謝しかありません。

本作をお手に取っていただきました読者さま。本当に本当にありがとうございます。

少しでも楽しい時間を提供することができたでしょうか。ほんの少しでも笑っていただけたなら
これほど幸せなことはありません。

最後に本作に携わってくださった全ての皆様に感謝申し上げます。

またお会いできることを切に願いながら。

急川回レ

電撃の新文芸

奴隷からの期待と評価のせいで搾取できないのだが

著者／急川回レ

イラスト／へいろー

2023年3月17日　初版発行

発行者／山下直久
発行／株式会社ＫＡＤＯＫＡＷＡ
〒102-8177　東京都千代田区富士見2-13-3
0570-002-301（ナビダイヤル）
印刷／図書印刷株式会社
製本／図書印刷株式会社

【初出】
本書は、カクヨムに掲載された『奴隷からの期待と評価のせいで搾取できないのだが』を加筆、訂正したものです。

ISBN978-4-04-914673-8　C0093　Printed in Japan

ファンレターあて先
〒102-8177
東京都千代田区富士見2-13-3
電撃の新文芸編集部

「急川回レ先生」係
「へいろー先生」係